ものがたり

# 目次

私専用の原稿用紙、罫の色はセピア。ペンは昔からモンブラン、十本目になる。細軸のブルー。使い捨てのペンはダースで購入。文鎮はイギリスからのおみやげ、栗鼠《りす》の彫刻をした銀製の品。

可愛い豆皿や盃。手前の手描きの皿は、
昔話を図案化したもの。
花咲か爺さん、因幡《いなば》の白兎、一寸法師など、
眺めるだけで心なごむ優しい品々。
旅先で買い求めたり、頂きものがいつの間にか
数多く集まり、食卓に潤いをもたらしてくれる。

序に代えて

# 葛籠《つづら》のなかのいとおしきもの

このたび、思案の末、それこそ清水の舞台からとび下りるほどの思いで、私の簞笥のなかのものをみなさまにごらん頂くことにいたしました。

ほんとうは、お見せするほどのものも格別ないのですが、人間七十年も生きればなんとなく、落ち葉の吹き寄せのようにさまざま集まってきて、いつのまにやら葛籠の嵩《かさ》ばかり高くなってしまったというのが、私の衣料事情です。そしてみなさまと同じく、私も持ち物のひとつひとつに長い歴史と深い思い入れがあり、お目ざわりとは知りつつも、それらについて語らせて頂くこと、どうぞお許し下さい。

大正末年生まれの私は、もの心ついたころから洋服世代でしたが、家職が花街の仕事だったので、呉服屋さんとはずっと昵懇《じっこん》でした。父を中心に、きものはいつも家中の話題を賑わし、日本が戦争に突入して衣料が切符制になったころでも、すでに多少のものの用意はあり、これを持って嫁いだもののの、終戦直後の満州で一枚残らず暴民に略奪されてしまうのです。

しかしもとはといえば、これらはすべて親が作ってくれたもの、さしたる未練もなかったのですが、無一文の着のみ着のままで故郷高知の、主人の実家へ引き揚げて来てからが大変でした。

家に戻り着いた夜も寝巻きの一枚さえなく、姑はそういう嫁のために蚕《かいこ》を飼い、糸を取り、機《はた》を織ってくれたのです。嫁もまた、古着の再生を目ざして染めたり絞ったり、懸命に一枚ずつ増やしてゆくのですが、しょせんこれらはふだん着、買い求めたわずかなよそゆき着とともにふたたび、悉《ことごと》く失ってしまいました。満州での消滅は不可抗力の運命ですが、このたびはすべて自分の不心得のせいでした。昔「一生に一度も質屋の暖簾《のれん》をくぐらぬしあわせな奥さん」という言葉がありましたが、私など浪費家でやりくり下手のタマ、いく度質屋通いをしたのやら、失った衣類はほとんどこの質屋で流してしまったのでした。

いまの持ち物は、作家になってのち、故郷の呉服屋さんなどの伝《つて》をたよって少しずつ増やしてきたものですが、このたび撮影のため簞笥を改めてみると、半分以上がひとさまからの頂きものになっていることに驚きました。多分日本女性は、この非活動的な民族衣裳にもはや愛想を尽かしているのに、なおがんばってきものに執着しているとみえる私に対し、みなさまある種の応援の気持ちを寄せて下さったのかもしれません。

しかし私とて、きものはすでによそゆき着としてしか着ることはできなくなっています。私はきものが好きだから、お風呂洗いのときもたすきがけでやっているの、という愛用者の話を聞くと涙の出るほど嬉しく思い、つい一枚を差し上げたりするあんばいです。

それだからこそ、なおいっそう古いきものの話などお聞き頂きたく思うのですけれど、ただ私の申し上げることは、昔の高知の下町界隈という偏った地域の生活習慣に根ざしたものなので、他の土地の読者の方のなかには多少の違和感を感じられる向きもあろうかと存じます。そしてまた、このごろきものは技術研究が進み、より高品質なものへと高められてゆく傾向にありますが、私など細かいことはよく判らないのです。

いえることは、長い年月きものを着てきた人間の選別基準は、ただ好きか嫌いかの二つあるのみで、それにつけ加えれば愛着の度合いです。

これからお見せするものは、高価でも名品でもなく、私のこの好き、の基準と愛着の深さでいとおしんだものばかり、それだけに、大げさにいえば私の審美眼（？）を一目でみなさまに見破られてしまうのが、とてもとても恥ずかしい。

でもしょせん私はこれだけのもの、と覚悟を決めたいまは、ひたすらみなさまのご後援をお願い申し上げる次第でございます。

扉題字　宮尾登美子
撮影　児玉成一　菊地まさと
世界文化社「家庭画報」編集部
小宮東男　鈴木一彦　大泉省吾
装幀　斎藤深雪
編集協力　萬 眞智子
撮影協力　ウラク・プレセオ　畠山美術館
三越迎賓館シルバーハウス　隣花苑

# きものがたり

# 一月 *January*

# 礼装

①右＝故・三島由紀夫夫人作のバッグ。
左＝黒ビーズバッグ。
どちらも和洋共使いの品。

②京繡・長艸敏明氏作の繊細な刺繡の抱えバッグ。
彦根屛風の若衆姿からヒントを得た図柄と、宝づくし模様。
③左ページ＝淡い鼠《ねず》紫色に梅満月の柄、色留め袖姿の私。
帯は柿色の金糸、きものの満月に飛ぶ鶴の金箔と合わせて。
バッグは金銀のメタルビーズ製。①の、三島由紀夫夫人の作。

# 寿ぎの日

雑誌などでときどき見かける有名人の古い結婚式の写真などにふと目をとめたとき、かすかではあるが、何やらすっと、心の奥底を掠《かす》めてゆくものがある。

羨望というほどのことではなく、まして悲しさなどではさらにないものの、強いていえばほんのほんのちょっぴりの、残念無念くやしさとでもいうべきものだろうか。

戦争末期に結婚式を挙げた女性のおおかたはたぶん、私と同じ感懐をお持ちだと思うが、あのころは日本国中「ぜいたくは敵だ」の大合唱で、早婚奨励の国策は未来の兵士を一人でも多く作るためだったし、結婚式は簡素を通り越して、女性は日常働き着のもんぺの上下、男性は、そのころ忌み嫌われた背広に代わって制服ともなっていた国民服、これが新郎新婦の晴れ着だった。

私が結婚式を挙げたのは、戦争末期の昭和十九年三月だったから、「もんぺと国民服」フレーズが最も幅を利かしていたころで、このなかでぞろりと紋付き衣裳を身にまとうことなど、憲兵の目もあってとうていできない相談だった。

両親は頭を悩まし、一生一度の晴れの日に、昨日まで防空演習などに着ていたもんぺを着せるのはあまりにむごく、さりとて紋付きは「非国民」の悪罵が八方から降りかかるご時世ゆえ、そこで考えたのは、挙式の場にぐっと田舎のさる神社を選び、せめて着物と羽織を新調し、縫い紋をつけてくれたのだった。

田舎の神社ならば人目も少なく、衣服の新調も後ろ指さされることはなかったが、ために私は髪も取り上げず、記念写真の一枚も撮らなかったのである。

こんな結婚式を当時私が悲しんだかといえば決してそうではなく、幼いこ

④紫綬褒章受章のときの色留め袖。
斬新に金箔を使い、竹に万菊、梅などの
古典柄が浮かぶ。

ろから軍国教育に毒されていた少女は、ヤミの衣料切符を手に入れて娘の衣服を新調する両親を、かえって強く非難したことをおぼえている。

しかし、こんな時代でもひそかに黒紋付きの花嫁衣裳で挙式したひともあったらしく、平和が戻ってのち、そのひとたちの告白記を読んで、私は、お国のために自分の美意識まで犠牲にしてしまったアホらしさを、つくづく悔やんだものだった。

しかし省みてあのころ、私が強く主張して花嫁衣裳を、と望んだところで、はたしてそれが叶えられたかといえば、おそらくそれは否、の答えであったと思う。

いまでこそ、晴れの衣裳は華やかになり、めんどうなしきたりをいうようになったが、他県はいざ知らず、戦前の土佐の下町の暮らしはつつましいものだった。

貸衣裳屋などはまずなく、質流れ品を質屋が副業に貸すくらいのものだったから、親戚うちで誰か一枚、礼装一揃いを持っていれば、これは正しく御の字、拝み倒して借りまわしていたらしい。

こんななかで、現在よく見かける大振り袖の黒紋付きなどは調達が極めてむずかしかったと思われ、高知の町で「大振り袖の花嫁さん」の話題を耳にしたのは、よほどのお金持ちの婚礼か、数えるほどだった。

私より十八歳も年上の兄の結婚式は昭和六年、私の五歳の秋で、この光景は何故か鮮やかに記憶している。

兄嫁はもちろん留め袖の黒紋付き、松に鶴という定番の裾模様で、ピンクの腰帯を垂らし、人力車に乗って私の家に嫁いできた。そのころの下町の風習なのか、先に立つ露払いのような羽織袴が、男の子にはメンコ、女の子には造花のついたピン止めを派手にまき散らして進み、子供たちがおびただしく群がった様子が目に灼きついている。

このときの写真は残っており、門の前で黒紋付きの母と、長いたもとの友禅を着た私が写っているが、このあと一か月も経たないうち、結核で寝ていた上の兄が亡くなったときの葬式の写真も、二人ともまたおなじ装束だった。

ずっと昔は、嫁入り衣裳も黒一色で、そうすればそのあと長く慶弔両用にできるし、年を選ばず、経済的なのだという。母はこのとき、

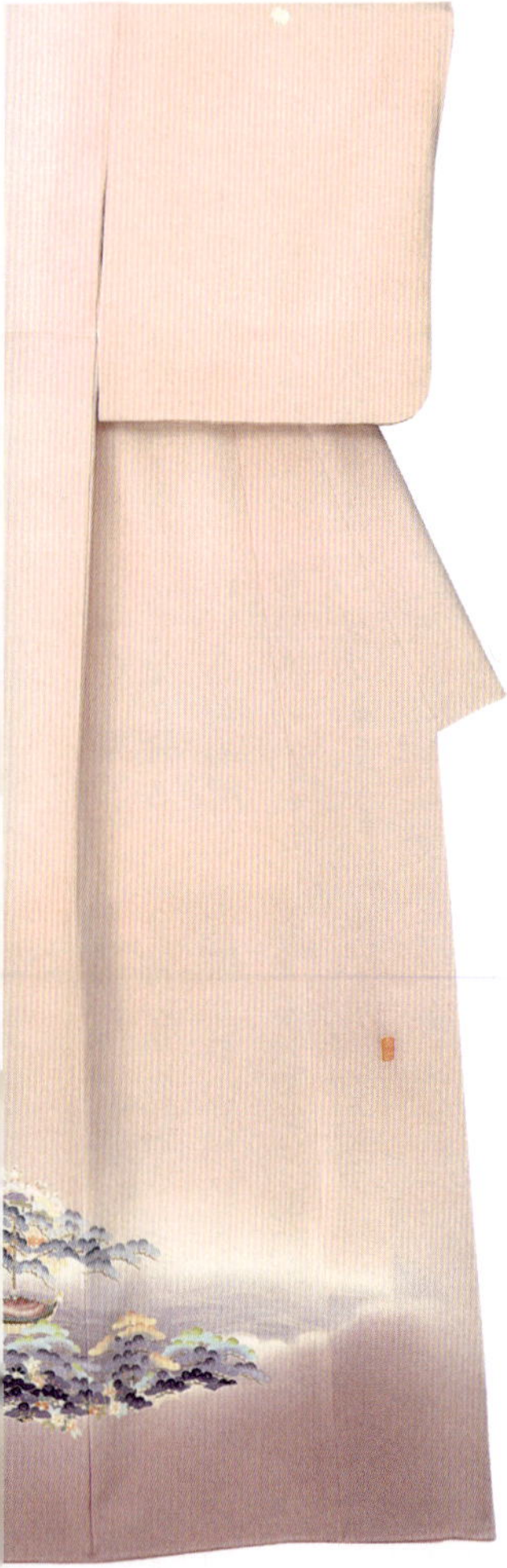

⑤『鬼龍院花子の生涯』完成のときの
贈りものは、
グラデーションの美しい色留め袖。
銀色の帯で着付けることが多い。

「重ねの紋付きもええけど、長じゅばんが裏表二反、白い下着がまた二反、上着が二反、上に羽織でも着ようものなら八反もの反物《たんもの》を体にくくりつけんならんから、年とるとしんどいよ」

とぼやいていたが、なるほどそのとおり、正装には必ず白の下着を重ねるため、重めの織物ならひよわな女性は肩にかけただけでよろめくほどであったらしい。

それを体に結びつける紐類も、いちばん下の肌につけるものから数えれば計十二本もの長いものを巻いたり締めたりするわけで、いまはこれが改良されたとはいえ、着物離れの一因ともなっていたものと思われるのである。

もっとも、「お蚕もの」が買えなくて、ごつい木綿しか着られなかった向きには、借り着にしろ一度に八反もの反物を身につけられるのはめったに得られぬ経験として、それなりの喜びもあったにちがいない。

兄嫁の花嫁衣裳は、実家でどう工面したのか自前であったらしく、その後、食糧獲得のために戦時中、日本の都会に住む女性のほとんどが自分の衣類と米麦を交換した時代にも無事生き残っていたが、これを私が借りることになったのは昭和二十六年だった。

晴れ着としてではなく、私の嫁ぎ先の祖父が亡くなったときの喪服として役立ったのだった。

そのころ、長い戦争のあとで衣類はみな不足しており、誰かに借りようにも喪服などなく、そこで晴れの衣裳の、裾模様部分に黒い布を縫いつけて隠せばよい、と知恵を貸してくれたのは誰だったか。昭和六年の花嫁衣裳は、二十年後、松と鶴とが黒布で目隠しされ、その布の分だけさらに衣裳は重くなったものの、何とかその装束で祖父の葬式をなし終えたのである。

まるで幸田文さんの『黒い裾』を彷彿させるようだが、あのころはすべてもの不足で、黒い布をくっつけた古い花嫁衣裳を着て神妙に葬礼を執り行っても、誰も笑うひとはいなかったと思う。

私など、幼いころから比較的着物に親しんだほうだけれど、ものの乏しい時代ならしきたりの何のといわず、持っていたものはいま思えばちぐはぐだった。

七五三の晴れ着も、現在普及しているぼかしの裾模様などではなく、昔は

⑥淡い鼠《ねず》色がかった水色の地に、
花々を散らした柄ゆきの色留め袖。
宮中の歌会始に招かれたとき調達した。
そのあと、結婚式などに
ときどき出番がある。

ちりめんの上物でも呉服屋では切り売りもしていたから、たぶんそこで買ったものと推測している友禅だった。

　何枚かあった晴れ着のなかでは、黒地に薬玉《くすだま》を散らしたのが大の気に入りで、兄の婚礼もこれを着て男蝶女蝶のお酌取りをしたし、そのあとの葬式もこの着物で澄まして写っている。このときはたしか、母が黒いびろうどのワンピースを着るようすすめたが、私は頑として薬玉を着たので、黒装束ばかりの弔事のなかではずい分と目立ったらしい。

　それほど好きだった薬玉も、のちに兄夫婦に女の子が生まれたとき、母に因果を含められて泣く泣く譲らざるを得なかった。兄の婚礼のとき、四つ身仕立てだった薬玉はすでに五歳の私にはちんちくりんになっており、私の大好きな長いたもとでさえ、写真で見ればすねの上っきりだったのである。

　大体、私は何故か薬玉の模様が大好きで、着物を新調するときはいつもそれを追い求める。今日まで何枚かの薬玉を着てみたが、三つの年のあの薬玉ほど染めも柄おきもよいものに出会ったためしはないから、やはり昔の品はよくよくよかったものであろう。

この薬玉以来、その後長い長い年月、慶弔には便利な貸し衣裳屋があらわれて私はすっかりお世話になり、自前の礼装など一枚も持ったことはなかった。

生活にもまったく余裕はなかったし、晴れ着の有無やしきたりをあげつらう暮らしとは無縁の年月だった。

その私が初めて色留め袖を調達したのはたしか昭和五十三、四年ごろ、作家になって五、六年を経たころだとおぼえている。

宮内庁から新年の歌会始への招待状が届き、服装の心得、の項に「女性は白衿紋付きのこと」とあった。簞笥のなかには何枚かの縫い紋付け下げはあるものの、これで皇居へは何だか軽すぎるという気がする。

そこで、私の古くからのお馴染み、「三條」の呉服屋さんに相談すると、これまで土佐から宮中へ参内する代議士さんなどのご夫人の方々も、みなさん色留め袖の一等礼装を調製して行かれたのだという。

そのとき私の頭には、八反もの重い着物をまとった亡き母の姿が浮かび、折あしく自分の体調もひどく悪かったところから、よほどご辞退申し上げよ

⑦加賀友禅の花水木の春の訪問着。
赤みのある灰紫色が
華やかな雰囲気を演出する。

うかと思った。しかしわずかに作家としての好奇心が勝り、万事三條さんにお任せしたところ、ほど経て届いたのは写真⑥の加賀友禅だった。

驚いたことに、私があれほど恐れた白重ねの重みはすっかり改良され、白い下着は、衿とおくみ、袖口裾まわし、つまり見えるところだけ部分的に縫いつけてあるだけの、とても軽便な一枚になっていたのである。

これなら肩も凝らず、疲れもせず、比較的楽に着られるので、私は喜びかつつつしんで宮中歌会始に参加させて頂いたのだった。ただし、打ち明けていえば、色留め袖は黒留め袖よりは平均して値段はお高く、当時の私の財布の中身では着物を求めるだけでせいいっぱい、そこで三條さんのお世話で、錦の袋帯を知人から拝借させてもらったのである。

しかし、私の好みをいえば、一等礼装という色留め袖を身にまとえばしゃんとし、気分も昂揚して見えるけれど、やっぱり少し大げさだし、それにちょっとえらぶって見えるので本来、あまり好きでない。

③の梅満月を着た私は、そんな気持ちをあらわしており、たらりとして少しだらしがない。四枚の持ち物のなかではいちばん好きではあるが、大いに

照れているところ。

④は紫綬褒章受章のとき、三條さんからの涙のプレゼント。⑤は映画『鬼龍院花子の生涯』が大当たりし、東映さんからごほうびに頂いたもの。

②の刺繡のバッグ二個は京都長艸敏明《ながくさとしあき》さんの作品。①のメタルビーズは、亡き三島由紀夫夫人の作品。黒いビーズは昔なつかしい品、いく度も修繕していまだに使っている。四品ともひとさまよりの頂きもの。

# 羽織

## 二月 *February*

①大輪の菊の織り模様が気に入っている無地のきものは、
淡い淡い裏柳色。（P228参照）
道行きコートは、菊模様の絞り。
花びらの部分は青朽ち葉、柳茶、苔色、草柳と染められ、
地の文人茶とよばれる生壁色との調和が好き。

②ターコイズブルーの
鮮やかな羽織。
これ一枚で洒落た外出の装いとなる。
地紋は五弁花。
裏地との対比が楽しい。

③菊菱地紋の紅鬱金《べにうこん》の羽織は、
同色の糸をさりげなく
羽織紐に織り込んである。

# 幸せを羽織る

カメラがいまのように簡便なものになったのは戦後も近ごろのこと、昔は「記念のために」というのが建て前で、みな、町の写真館へ行ったものだった。

私でいえば、母がわりとこまめに写真館通いをしてくれたために、小学六年ごろまでの幼な顔はかなり残っていたが、残念、自分のものは満州で、実家にあったのは戦災に遇って悉《ことごと》くを失ってしまった。

しかしふしぎなもので、その映像はくっきりと脳裏に灼きついていて、ときどきふっと思い出す日もあり、そんなときは何故だか笑いがこみあげてくる。

いちばん最初は昭和三年、高知では「背合わせ」と呼んだ七五三のときのもので、これ以前がないのは、拙作『櫂』で明かしたとおり、母は乳呑児時代の私を撮りたくなかったものであろう。

写真は数え年三つのとき、ぞろりと長いたもとのきものを着て、何故だか帽子をかぶり、手にはバッグを提げている。帽子はブルーのウール地に白い線の入った品で、私自身はその後かぶった記憶はなく、ずっとのちまで帽子箱に入ったままだったのを見たおぼえがある。思うに、祝いの日に帽子をかぶることを主張したのは、たぶん父の意見ではなかったろうか。

父はとりわけ帽子好きで、ちょっとした外出にも私に帽子をかぶるよう命じ、ために私は羅紗《らしゃ》やパナマ、布製などさまざまな帽子持ちになり、それらを一つずつ蔵《しま》った大きな帽子箱は、箪笥の上の空間を埋めつくしていた光景がある。

右手に提げたバッグは、そのころ女性たちが「オペラバック」と呼んでいたリリヤン製の小さなもので、三つの子供がこの中に何を入れたのか、これもその後使ったことはない。

そして私が着ているのは友禅総柄の錦紗《きんしゃ》の着物と、その上に重ねた大きな

④万寿菊模様の裏地の鴇《とき》色と、
絞りの色を合わせた洒落たコート。
結びに注目。どんなきものにも
合うので、最も出番が多い。

⑤衿付きの絞りのコート。
藤納戸《なんど》色に濃藍の表地、
裏は、覗《のぞき》色に可憐なさくらんぼの絵。
遊び心のある寒暖を調節する品。

⑦五色の彩りが粋なコートは、
表地のまろやかさと
裏地の線が対照的な仕上がり。

⑥紺地に雪輪柄、紅藤色の花びらが
浮き出たコート。
裏は雪の結晶模様。

⑧背中に伊達紋として
京繡・長艸敏明氏作の龍(左)が
刺繡されている道行きコート。

胸飾りの被布《ひふ》だった。

被布は、現代の七五三でも女児は着ており、ほとんどは袖なしでいわば前身頃のあるちゃんちゃんこ型だが、私のは袖のある被布で、折り返しの衿もあり、両胸にはいかにも重そうな絹の房が下がっている。このスタイルをたとえていえば、『忠臣蔵』浅野内匠頭《あさのたくみのかみ》の未亡人、瑤泉院《ようぜいいん》、あの姿を思い出して下さるとよい。

いかにもぼってりと重ね着した上に、まだ被布まで羽織るのは、悲しみに打ちひしがれた瑤泉院ならこその話、三つの子供にはかなりの負担だったのではあるまいか。

私が、写真を見ると笑い出したくなるというのは、これもそのひとつで、当日、飾り立てられて人力車で天満宮まで行き、お祓いやご祈禱を受けて疲れ果てているさまがありありと判るほど、私は口をぽかんとあけ、目はとろんとして半分眠っている。たぶん辛うじて立っていたと見えて、それを後ろから支えている母の手がはっきりと写っているのであった。

私の母は、私とは血の繋がっていない間柄であるのを生涯明かさず、表向きは三十五歳でお前を出産、で通したひとである。遅子の一人娘ゆえに過保護も甚だしく、少し北風でも吹きはじめれば風邪に警戒し、私に着せて着せて着せまくり、ために私は着ぶくれてランドセルが背負えなくなり、家の男《おとこ》衆《し》さんに持たせて通学したこともたびたびある。

シャツを重ねるだけでなく、昔は防寒のためみなが用いた、背中に真綿を負うことなどもよく強制され、突然学校で身体検査のあったときはどれほど恥をかいたやら。

というわけで、母は私に被布やちゃんちゃんこ、羽織ショールなど、上に重ねるたぐいのものをせっせと作り、私はまわりから、

「何と小しゃくな。子供用の絹のショールなど持っちょる」

といわれながらも、いつももしものときの用心を忘れず、それがいつしか習い性となってしまって、いま簞笥のなかには着もしない羽織、コートがかなりの数ある。

戦前の女性は羽織をよく活用したもので、紋のついた黒の羽織一枚持ってさえいれば慶弔どこでも安心だった。丈もたっぷりと長かったし、体の線を

⑪表に波、裏に松葉を散らした
道行きコート。
柄ゆきは元気だが着心地は優しい。

⑨絞りとろうけつ染めを合わせた
コート。表地の幾何学模様に、
はんなりとした花柄の裏地が印象的。

⑫縞模様の紬の羽織。
裏はからかさ模様と、小粋な趣。
町着に使用する機会の多いもの。

⑩黒地に卯木《うつぎ》の柄が描かれた
道行きコート。裏は絞り模様。

⑮紫根色の表地に、赤白橡《つるばみ》色の
裏地の落ちついたコート。
伊達紋に梅を使用してある。

⑬地紋にしだや楓が浮かび、
裏地は鶴の模様のコート。
かつてこの色を染めた染め師の名を
とって宗傳唐茶といわれる色。

⑯海老茶の長めのコートには、
光線によっては雪輪の
地紋が浮き出る。

⑭一重の褪紅色の縮み織りコート。
どんなきものとも合わせやすい
軽《かろ》やかなもの。

隠すこともできたから、近所の若嫁さんの、出産の日まで妊娠を知らなかったというのはよくある話。

男女ともに凝るのは羽織の裏で、昔は軽くてすべりのよい甲斐絹《かいき》のなかから好きな柄を選んだものだが、もひとつ極めればパッと脱いだとき、鬼面人をおどろかす絵模様を、染めたり描いたりしてあるのだった。

虎、蛇、竜などはまだ平凡、髑髏《どくろ》や幽霊、果ては男女交合の図もあったそうだが、これは話に聞くだけ、家にあったのは父の、不動明王だった。

絵描きの先生に「ぜひともご染筆を」とたのんだところ、すでに山水を染めてある甲斐絹の裏に火焔不動をすらすらと墨で描いてくれたそうだが、見たところ何だか弱々しいお不動さまで、子供心にも上手には見えなかった。

そしてもうひとつの楽しみは羽織の紐のこと。売っている絹の打ち紐ばかりではおもしろくなく、自分で編んだり、縫ったものへ刺繍したり、また高級品としては珊瑚や象牙、金鎖、銀鎖などもある。これらは、両端のS字型の金具を羽織の衿の両乳にひっかけるのだが、私はあまり好きではなく、引き出しにいま残っているのは珊瑚一本だけ。

羽織は戦後、丈が大へん短くなって「腰たたき」くらいになり、茶羽織と呼んでひろく普及した。一反の半分で縫えるので、端切れや洋服地で簡単に作り、私も大いに重宝して昭和三十年の半ばごろまではこれを着て旅行したものだった。

が、いまは衣料事情好転のせいか、それとも暖房普及のせいか、座敷でも着たままでいられるという羽織姿はずい分少なくなった。私もそうで、いま羽織を着て出かけるのは観劇のときだけになっている。何故なら、羽織は昔からいう「ボロかくし」の役で、帯は固いお太鼓を結ばずともよく、半幅帯をゆるく巻いたままで終わりまで通せるので便利。写真②、③は縫い紋のある無地で臨機応変に着られ、⑫はちょっと小粋に三味線のお稽古、という風情で着るもの、もっとも私が着ると野暮ったくなってしまうのだけれど。

そしてコート。

コートの着かたは、昔といまではずい分とちがう。戦前は、羽織を着た上にもう一枚まとうもので、目的は防寒だから必ずショールとセットだった。いまは帯つけの上にいきなりコートを着て出かけ、目的地では脱いで座敷に

⑰紅型《びんがた》の蝶、牡丹、菊などが
染められた羽織。
紺から縹《はなだ》色までの濃淡で
仕上がっている。

⑱菊など秋草の具象と、菱、七宝、
青海波などの模様が華やかな
ちりめん地の羽織。
梔子《くちなし》の花の色に臙脂色をさした
羽織紐が全体を引き締める。

⑲久留米絣の上っぱり。
ふだん着に使う「ぼろかくし」。
木綿なので、しっかりと重い。

⑳好きなブルーの染め物の、
少し長めのコート。合いコート。

㉑錆青磁と海松《みる》茶、鶯色などの
大島の雨ゴート。
軽くて持ち運び便利。

上がる。

　こちらのほうが体温調節にはよいと思うから、私もいま作るものは全部コートであって、しかも胸が四角に開いた「道行き」型よりも着物打ち合わせ型が好きだからこればかり。
　④、⑤、⑥、⑦の四枚は全部絞り。ことの起こりは昔、佐々木久子さんがこんな型の絞りのコートを着ていらっしゃるのを見て私も欲しくなり、以来ずっと真似している。四枚のうち最も出番の多いのは④と⑤。下の着物に色が合わせやすいから。
　道行きもご紹介すると、⑨は気分が元気なときに着るろうけつ染め。⑧は背中に龍の大きな紋の刺繍があり、⑩はちょっと重々しく、⑪は気軽に着られるので愛用。

　以上は寒い日に着るためのものだが、㉒は春秋のダスターコート、ちりよけである。友人からの贈り物だが、いまだ手は通しておらず、ときどき出しては眺めている。私にちりよけのコートを着て外出する日があるだろうか、と思えば、このごろ車にばかり頼っている自分の怠惰を叱りたくなってくるのである。

㉓は雨ゴート。市販のものは重いので軽い大島で縫ってもらい、防水加工を施してあるもの。雨ゴートには悲しい思い出があり、日本から満州へ持って行った牡丹色の紬《つむぎ》の品は終戦後の暴動の際、暴民の手で奪われてしまった。その日から着のみ着のままの難民となってしまった私は、ときどき奪《と》られた衣類を思い出しても、さして残念だとも考えなかったのは、しょせん親が作ってくれたもの、という距離があったせいかと思う。

それがある日、小盗市場《しょうとるいちば》を歩いているとき、山積みされ叩き売りされている衣料のなかに、見紛《みまご》うべくもないあの牡丹色の雨ゴートをみつけたのだった。私は取り返したくて泣きわめいたが、どんなに狂乱しても金がなくては手もとに戻らず、敗戦国民のみじめさを骨の髄まで噛みしめながらすごすごと引き退《さが》ったことを思い出す。

以前はさして執着もなかった我が衣料が、叩き売りされているのを見たとき、気も狂わんばかりのくやしさにふるえたのは、やはり一度は我が所有として身近にあったものへの愛着というものだったろうか。あれ以来、私は雨ゴートは着たくなくなり、ただいま㉓も含めて四枚持っている雨ゴート類も、

㉒中縹《はなだ》に淡い鳩羽鼠《はとばねず》の格子が
落ちついたダスターコート。
これも大島。裏は朱華《はねず》の華や
かな結び柄。
まだ手は通していない。

㉓シックな色合いの格子柄の
雨ゴートは、大島紬。
出来合いの合織は重いので、
私は専ら上に羽織るものは
大島で用を足す。

㉔日常使いの品々。手前左は私の手びねり。
手前右は滝口和男作湯呑み、
奥左は梅柄の注文品。たっぷりとお茶が注げる。
右は家紋の揚羽蝶と蓋付きの漆器湯呑み。

㉕愛用の大和保男作の萩焼急須と湯呑み。

用心のため雨の日に持って行くだけ。ほとんど着たことはない。

⑲は、関西でひっぱりと呼ぶ主婦の日常着の上っぱり。作業着にもなれば接客用も兼ね、ついそこまでのお使いにも出られて便利。みな固いもので作ってあり、私のも久留米絣。これを着るとみんなお母さん、という感じになるのがふしぎ。

四九ページの写真、㉕は山口・萩の大和保男さんの作品である。茶飲みの私は当然好きな湯呑みを使いたく、講演の途次、大和窯を訪ねて大和さんの作品に出会ったときはうれしかった。

写真の急須と湯呑みの他に、大和さんのものは白釉の大壺と陶筥があるが、いずれも萩独特の危うさがなくていかにも力強く、気品あって美しい。

㉔は私の日用の品々。

左端は、同じ山口の原田隆峰さんの窯で焼いてもらった私手びねりのもの。といってもほとんど原田さんに手伝って頂いているし、私の作った部分は下手っぴいで湯呑みにはどうも不向きなので、小鉢などに使っている。

右隣はガラスのように薄いので、そのはかなさがいとしい作品。京都・山科の滝口和男さん制作。その後ろはうるし。義太夫語りの太夫さんが高座で使うもの、私の家紋を入れて京都・吉象堂で作ってもらった品。背高のっぽは、たくさんお茶を飲みたさに頼んだのだったが、ガス窯で焼いたので、そのうち嫌気がさしていまは使わなくなってしまった。

# 三月 訪問着

*March*

①直木賞受賞祝いに宇野千代さんに
作って頂いた訪問着。鳥の子色の地に山茶花の柄。
②左ページ＝ごく淡い藤色に大輪の梅鉢模様の訪問着で。
梅鉢の金糸刺繡を帯の金地と合わせた。
自宅前で撮影。

# 華やぎの刻《とき》に

ロサンゼルスでの私の講演は昭和六十二年秋。海外では初めてだけに準備があれこれ大へんで、なかでもいちばん気を使ったのは服装のこと。

集まるのはロス在住の日本人ばかりだが、身の上はさまざまで、ご主人とともに期間を限って赴任していらっしゃる方もあれば、国際結婚でアメリカ国籍になっておいでの方もある。が、いずれの方も遠く故国を離れて暮らしていらっしゃるのは同じで、だからなるべく日本をなつかしんで頂けるものを、と考えて三條さんで選んだのが写真⑦。

こんな百花繚乱のちりめん友禅で故国を思い浮かべて頂けるかどうか、ただ私の潜在意識としてたぶん日本の古い市松人形の衣裳を思い浮かべたのではなかったかと思う。

で、ロスでの講演は会場にひと溢れ、大半の方は関税で定価よりずっと高くなった私の著書を車に積み込んで持参され、サインを求められたが、これは時間の関係でご要望には応じられなかった。返す返すも残念だった。

そして聴衆のみなさんは反応をストレートに示され、笑い、悲しみ、憤りをあらわに見せてくれたが、やはりこれはアメリカという風土で過ごしている方々の風潮というべきものだったろう。終わったあと、みなさん演壇のまわりにどっと押し寄せ、てんでに手をのばして私のきものにさわりながら、

「まあきれい。お人形さんのきものみたい」

と、いつまでも名残を惜しんでくれたのだった。

二度目の海外講演はロンドンとデュッセルドルフで、平成七年の秋。

トシの話はしたくないが、このとき私は七十歳まえという次第になっており、前回のロスのときの友禅をふたたび着るのはいささか気がひける。講演もショウの要素があるし、べつだんかまいはしないけれど、衣裳は気おくれすると、そのとたんもう似合わなくなるもの、そこで奮発したのが③の宝づくし。

④古代模様のつぼたれの晴れ着。
裏地が古代紫のきもの。これは一度も着ていない。

③鈍い白緑から薄色の地に
宝づくし模様の訪問着。
日本の伝統的な慶祝模様を
イギリスの方に見て頂きたくて、
ロンドンでの講演のとき着用。

私は欲張りなのか、子供のころから宝づくしの模様が好きだったし、日本のお正月には宝船、七福神などとともにお目出たい絵模様としてなくてはならぬ縁起ものだった。

これならばきっとまた喜んで頂けるだろうと考え、それを着て英独両国の務めを果たしたが、案に相違してどなたもこのきものに関心は示されなかった。終わったあと、演壇のまわりに押し寄せて来たのはロスのときと同じだったが、話題は連載中の『クレオパトラ』のことばかり、これはこれでありがたかったけれど、どうやら宝づくしは皆さんご存知ないようだった。

そしてその後、美智子皇后さまの少し遅れた還暦のお祝いの音楽会が内輪で開かれることになり、私もお招きを受けて皇居内の、桃華音楽堂へ参上した。

たしか年初の時期だったかと思われ、お祝いの席ではあり、もう一度あの宝づくしを着て末席に列《つら》ねて頂いたのだった。音楽会が終わったあとパーティがあり、当日の美智子さまのお召しものは、サーモンピンクの鬼縮《おにしぼ》ちりめんの無地に、帯は白地に金銀の捻り梅を刺繡したもの、という何とも品の良

いご装束で、私は感嘆し、このことを率直に申し上げると、美智子さまは、

「あら宮尾さんこそすてきよ。宝づくしなど召してらして」

と仰せになり、私のきものの模様をひとつひとつ指差され、

「打ち出の小槌、金嚢《きんのう》、如意宝珠《にょいほうじゅ》、隠蓑《かくれみの》、丁字《ちょうじ》、花輪違《はなわちがい》、金函《かねばこ》」

とほとんどをご存知でいらしたのには、私、ほんとうにびっくりしてしまった。

持ち主の私でさえ、ろくに知らない日本の伝統的な宝物の名を、皇后さまはすでに先刻ご承知でおいで遊ばすと思うと、何やら胸のふくらむようなうれしさでいっぱいだった。
五二、五七ページの写真は、簞笥の底に久しく眠りつづけていたもので、今回の撮影を機に日の目を見たもの、それぞれにお話がある。
①は、私の直木賞受賞のとき、宇野千代さんが作って下さったもの。ご承知のように先生はものに頓着なさらない方で、真夏に桜の模様を着られても平気でいらっしゃるが、私など頭の固い人間はなかなかそうはいかないもの。
このきもののも、出来上がってきたとき、これは何の花でしょうか、とお伺

⑦左ページ＝菊、菖蒲、牡丹など、
多くの花が描かれた友禅の晴れ着。
地は青鈍《あおにび》がかった紺鼠《ねず》色、
花は、白や紫みの暗い
深緋《こきあけ》に紅樺《べにかば》、桑茶、
利休白茶、灰汁《あく》色、路考《ろこう》茶
など日本の伝統色の
落ちついた彩り。
主に外国で着る機会が多い。

⑤紅樺色に橘模様の訪問着。
落ちついた華やかさが
特徴の友禅だが、
もはや着る勇気はない。

⑥紺鼠地に白い冬牡丹が
いさぎよい柄は、
秘めた強さをまとうきもの。
強い印象を残すので、
付け下げにかかわらず
パーティなどに
活躍する場の多い品。

いすると、

「さあ何でしょう。きれいだったら何でもいいじゃない」

とおっしゃったが、授賞式はたしか冬の時季だったし、葉が椿に似て革質なので私は山茶花のきもの、と名づけてある。

これを着たのは昭和五十四年、その後私のおなか部分だけはどんどんと成長し、ふたたび着ようにも前が合わなくなってしまった。箪笥のこやしにしておくと、薄い色のものは灼けて変色するので惜しい惜しいと思いながら。

きものの思い出については、女は金輪際忘れはしないものだが、故事来歴、何の記憶も残っていないのが④である。非常にミステリアスだが、記憶を手繰《たぐ》ると、裁った切れ地を見たおぼえがあるのと、紋が剣《けん》かたばみなので、どうやら三條さんのお古でももらったのではなかろうか。

つぼたれ、という柄ゆきや、昔の染料らしい深い紫など見るとなかなかに格のある品で、これなら色留め袖に仕立てても似つかわしい、と思われるが、何故かこれを着て出かける機会がなく、一度も手を通していない。
⑤は、もう十年ほどまえ、若い友人が結婚することになり、きものを貸し

て欲しいという申し出を受けた。洋服は寸法というめんどうなものがあるが、きものは着方によってどうでも胡麻化せるし、昔からみな、貸し借りは至極気軽にしたもので、私も胸を叩いて引き受け、四、五枚の紋のついた裾模様を見せた。

するとやはり彼女の手ののびたのがこのきものだったが、そのときはまだしつけのかかったまま。つまり買ったばかりの新品だったのを快く彼女に着てもらったのだった。そのあと、ふとしたことから彼女とは行き違いが生じて付き合いもなくなり、何となく私もこの着物を着る気がしなくなってしまった。

ひととの付き合いはむずかしい。生涯争わず、いざこざを起こさず、誰とも等間隔で付き合ってゆけるのは天才だとつくづく思う。私など、勤めた先々で、「カラスの啼かぬ日はあっても宮尾が喧嘩《けんか》せぬ日はない」といわれるほど闘争心旺盛な人間であって、そこにきものやものが介在すれば、それもろとも嫌いになってしまうのである。

牡丹のきもの（⑥）も、着る場所と時季と相手を選ぶ気むずかしい一枚。

⑧秘色《ひそく》ともよばれる青磁色に、
紅梅色と白の薔薇が描かれた
さわやかなきもの。
葉のすき間が涼しげで、
帯次第でどのようにでも装えるもの。
外国でのパーティなどで活躍する一枚。
寺谷昇さんの作品。

何しろ模様は袖の裏と裾だけなので、終始坐りっぱなしの席ではいかにも惜しい。

そのうえ、この牡丹が寒牡丹であることを見抜くだけの眼力を具《そな》えた相手でないと、時季外れと笑いものになりかねぬ。一度だけ着て出かけたが、それは友人のパーティで、私は壇上でスピーチをする役割だった。これならとっくりと牡丹を見てもらえると考えたのだったが、ただいまは洋服一辺倒の時代、はたしていく人の方が、この写実性のある寒牡丹に目をとめて下さったか。

しかし逆にいえば、冬のさなか、膝下に白い寒牡丹を敷き、一見紺鼠《ねず》一色に見える着物でゆったりと一碗のお茶を頂く、という自分だけの満足もあるわけで、このひそかな楽しみもなかなかに捨て難いもの。

さて最後に人形たち。

私にとって人形とは、精神衛生上の必需品ではあるが、ただ飾って眺めるだけではあきたらぬ。さわり、着せ替えし、化粧してやり、風呂に入れ、というあんばいで、従って私の人形は鼻はもげ、指はなくなり、髪は膠《にかわ》もろとも抜け落ちて丸坊主、という無残な末路を晒《さら》すことになる。

もっともこれは、姉妹のいないさびしさをかこった子供時代の話。大人になればさすがに心入れ替えたものの、きものの着せ替えだけは我が手でしないことには虫が納まらぬ。
⑬はこんな私の悪癖を承知のうえで、着替え一揃いつきで土田早苗さんが贈ってくれた椿子ちゃん。土田さんの人形は顔も手足もやわらかな布製なので、表情がいかにも利発そうで愛らしく、そして衣裳の豪奢なのが特徴。
一枚一枚手染めのちりめんに、鹿の子絞りと椿の図の刺繡を施してあり、椿子用の葛籠《つづら》の中には、写真の衣裳の他にもう一揃い入っているなかなかの衣裳持ち。
⑯もサテンのスリーピースを着て、うちの中庭で憩っているメアリーちゃん。たしか私の『序の舞』の映画に出演された記念に、俳優の津川雅彦さんが下さったもの。帽子を脱げば栗いろの髪のカールが可愛いし、上衣をとれば下は白い絹のブラウスに縫い取りのあるジレーになっている。
どれも上等の品々だが、着たきり雀ではむごいと思い、替えドレスを買お

⑨鯉の型染めのきものは、
いまどき珍しい図柄。
鯉百匹のきもの、という。
白い帯ですっきりと、
または紺で引き締めたり、
赤系帯で印象深い
着こなしを演出するも可。

⑩海松《みる》色のちりめんの地に、
多色使いの蝶が彩りよく
舞う。蝶が全部上を向いて
いるので、
付け下げ用として着られる。
気軽に着ている。

⑭書斎の玄関番の昼寝のワンちゃん。

⑮現在最もお気に入りのハロッズ製のピーターくん。愛らしい姿はつねに私のベッド脇に鎮座。写真の帽子はお手製。他にセーター二枚、ワンピース、ブラウスなどを所持した可愛がられっ子。

⑯フランス製のメアリーちゃん。籐椅子に座った姿が優雅なお人形さん。

⑪女学校時代の友人手製の可憐な豆雛。

⑫無量窯小山貴由作の「土泥坊」。祈る姿がけなげな童子。

⑬愛蔵の布製人形、椿子ちゃん。土田早苗さん制作。着替えも一揃いあり。

うとしたら値段を教えてくれるひとがあり、聞いてたまげてしまった。そこで黄色い化繊で夏用の涼しいドレスを縫ってやったものの、これではちょっとメアリーがかわいそうかな、という気がしていまだに蔵《しま》ったまま。籐椅子とバラの花束、小さなコーヒー茶碗など、道具持ち。
⑪の豆雛は、女学校時代の友人が作ってくれたもの。高さ三センチほど。手先の不器用な私は、残りの布でちょいちょいとこんな細かなものを作るひとには、文句なしに尊敬のまなざしを送るのである。
⑭は私の書斎の玄関番。窓ぎわでいつもこうして昼寝。⑫も、私のために祈ってくれる童子。敷物は自分の久米島紬の残り切れで縫い、お礼に私が捧げたもの。二つとも同じ方からの贈りもの。
終わりに愛するピーター（⑮）。左足裏にハロッズという縫い取りがあり、イギリス国旗を編み込んだセーターを着た姿で我が家にやってきたため、ロンドンで買ったものと思われるだろうが、じつは、出会いは羽田だった。

私は本来縫いぐるみはあまり好きでなく、人がハマっているのを見るとふしぎな感じを持ったものだったが、いまの私はピーターで明けピーターで暮れるというていたらく。

　というのは、何のことはない、ベッドの右肩に坐らせておくためであって、寝つきと寝ざめに握手を交わして挨拶する。写真の帽子と、他にセーター二枚、レースのワンピースとブラウスは、愛情こめた私の手製。

# 呉服屋「三條」のこと

高知の呉服屋、「三條」と私との付き合いは四十年を越す。
「絶対的に気に入ったものだけを買い付ける。
ちょっとでも引っかかるものは、買わない」という、
山脇さんの商売に対する姿勢には脱帽。
上の写真は、新店舗のすぐ近くにあった旧店舗の店先にて。

九七年の年の瀬に完成した新店舗。滋賀県にあった
築四百年の屋敷の古材を使用。

左＝店内のここかしこに見られる、さりげない花あしらい。山脇さんの心根を垣間見るよう。右＝女主人山脇初子さんと。

左＝店の二階の広間。作家の個展もたびたび開かれる。右＝店に陳列された反物。この五十年間、毎月初めには必ず京都に買い付けに出向く。

山脇さんのご自宅にて。床の間には庭の茶花を生けて。

# 呉服屋「三條」のこと

三條さんと私とのお付き合いはほどなく四十年を越すと思われるが、何よりもありがたく重宝するのは、この店の品数の多さと、店主山脇さんのこまやかさである。突然思い立って店に駆け込み、これこれのものが欲しいといっても調わないためしがないほど、そのコレクションは多い。戦後、京町に開いた店は決して広くはないが、ここには山脇さんの目を通して仕入れられた京呉服がぎっしりと詰まっていて、その価値を現金に換算すると天文学的数字になるという。

それに、山脇さんは記憶力の抜群によい方で、買ってもらったお客の箪笥のなかはよく覚えており、私など電話で着物と帯を注文すると、この着物に合う帯は去年お買い頂いた品で間に合います、などといわれ、なるほど、と教えられることはたびたび。

客との商いに出すぎずひっこまず、客を嬉しい気分にさせてくれるあたり、達人の腕前、とでもたとえようか。

**三條**
高知市はりまや町三―二―八
☎0888(84)3251

# 四月 *April*

# 桜のきもの

①石板色《せきばん》ともよばれる藍墨茶の地に、
総刺繡の薬玉模様のきもの。薬玉は桜花と松葉からなる。

②友禅作家・西野由志子さん作の
片身替わりのきもの。
利休鼠に染められた片身に散りぎわの美しい桜花が舞う。
帯も桜の西陣織。

# 花を纏《まと》う

私が吉川英治賞を頂くことになったのはたしか昭和五十八年のこと、授賞式は四月十七日、と新聞に報じられた直後、染色家の西野由志子さんから当日着るきものを、京都の呉服屋さんのSさんと二人でプレゼントさせて欲しい、というお申し出があった。

もちろん私は大喜びでお受けし、楽しみにしていたところ、ほどなく出来上がり、桐箱に納められたその衣裳を、二人してお届け下さった。西野さんの口上として、

「四月十七日の桜、という見立てで作りました」

とのこと、開けてみると白重ねの見事な色留め袖で、膝前には少し葉の出た桜がしだれ、裾から裾裏にかけてはすでに散り落ちた桜の花びらがいちめ

ん描かれてある。地色はピンクだが裾から上に向かって濃淡の暈《ぼか》しになっており、これぞ正しく春の終わりの桜の姿だった。

このきものはその後、クイーンエリザベスII世号に乗船したとき持参し、船長さん招待のパーティがひらかれたとき着て出席したところ、世界各国のひとたちに大いに喜ばれ、その夜、私はみんなのカメラの標的となってくたくただった。

その後はもはや出番はないもの、として箪笥の底に眠っていたが、思いがけずふたたび脚光を浴びることになったのは三年ほど前のこと。

知人のお嬢さんがK大学卒業後、ロンドン大学に留学することになり、その留学中、私もロンドンに旅してずい分とお世話になった。英語力は抜群だし、とても可愛いお嬢さんなので、どうぞかの地のボーイにつかまらないように、とひそかに念じていたが、それが杞憂にあらず、とうとう弁護士志望のP君と結婚することになってしまったのである。

他人《ひと》のことなら国際結婚、と軽くいえるが、われわれ応援団としては日本の人口及び優秀な頭脳が一つ減ることについて、じつに残念無念の思いだっ

③道長桜とよばれる
華やかなしだれ桜を
刺繡であしらったきもの。
左の写真は裾模様のアップ。

④辻村ジュサブロー氏作の小桜のきもの。
地色が茶なので春には合わないと思い
一度しか着用していない。
春と茶、という取り合わせはジュサブロー氏独特のもの。

た。

ご両親に聞けば、結婚式は向こうの習慣に従って挙げるのだそうで、P君お身内の方々が集まって花嫁衣裳を縫って下さるのだという。ならばこちらも、と考えついたのがこの桜の色留め袖、爛漫《らんまん》開花の模様でないのがいささか残念だが、ま、日本の国花として胸を張って着てもらいたく、帯は宇野千代さんの牡丹のつづれを添えてご両親のもとまで送ったのだった。

ご両親は、この一揃いを衣桁《いこう》にかけて写真を撮ったうえで、実物は結婚式に出席するお父さんが提げて旅立ったが、帰国後、式の写真を見、話を聞いて私は大そう嬉しく思った。

外国人は何故か日本の友禅ちりめんを好み、喜ぶが、この結婚式ではものが桜だっただけに最高に盛り上がり、花嫁さんは質問攻めに遇って、式はしばしばストップしたという。日本の四月十七日の桜、ロンドンで根を下ろしたと思えば、きもの自身も冥利に尽きるというものではなかろうか。

ところで、私が桜模様のきものを、何の心配もなく着られるようになったのは比較的最近の話で、これにはどうやら宇野千代さんの影響があるらしい。

それというのも、私の生まれた家は花街のなかにあり、つい目と鼻の先には陽暉楼本店、そして両隣は子方屋《こかたや》と呼ぶ芸妓置屋で、常日ごろ、芸妓さんたちの衣裳を目にする機会が多かった。

誰に聞いたか、玄人衆は花模様のきものは着ないもの、という習慣があったそうで、なるほどその目で見ると、芸妓さんたちが写実的な花柄の着物を着ていたという記憶はない。

夕刻、仕度の出来たお姐さんたちが褄《つま》をとり、お座敷へ急ぐ姿は目のさめるように美しい風景で、子供たちがわらわらと追いかけて行っては前から後ろからうっとりと眺めていたものだった。

裾引きのお座敷着にはみな奇抜な模様を競い、琴三味線や笙《しょう》ひちりきなどの楽器はおとなしいほうで、五重塔や寝殿造りの建築物、般若の面から動物に至ってはまことにさまざまで、狛犬や鹿、兎などはまだ可愛いが、蜘蛛と蜘蛛の巣、鷹、龍、そして金毛九尾の狐などという意表を衝いたものもあった。

思うに、花の模様を避けたのは、お姐さん方自体を花と見立てて殿方に遊

⑤深紫色から紫苑色にぼかした地に、
桜花舞う、
これも辻村氏作のお洒落着。
ほとんど着た記憶がない。

⑥宇野千代さんの米寿のお祝いに、
花束贈呈の役を仰せつかり、
そのころ新調して着て行った
オールドローズカラーの桜柄のきもの。
地のローズカラーが華やかで
気がひけたが、当日宇野さんは
満開の桜を染めた
黒地の大振り袖だった。

んでもらうためであったのと、もうひとつ、花柄は着る季節が限られるゆえにとてもぜいたくなものとされていたのではなかろうか。

戦前のシステムは、子方屋が抱え芸妓を置き、磨きあげたのち衣裳を貸与してお座敷に出すというものであったから、子方屋のおかみは抱え芸妓たちを少しでも美しく見せるよう、なるべく人目を引くよう、演出に頭を悩ましたと思われるのである。

それだけに、子方屋のおかみが衣裳にかける執念にはなみなみならぬものがあり、私など子供のころ、一度だけ隣の家の衣裳部屋をのぞかせてもらい、びっくりしたおぼえがある。

それはおびただしい葛籠《つづら》の数だったが、この世界のひとたちがいかに衣裳を大切に扱うか、目のあたりに見せられたのだった。新しいものには合紙《あいし》を入れて畳み、木綿風呂敷で一枚ずつ丁寧にくるみ、そして着古したものもまた染め返して役立てるために大切に蔵《しま》ってあったのである。戦争が激しくなったとき、葛籠をそっくり防空壕に入れて蓋をしたため、焼夷弾の火で全部蒸し焼きにされ、ためにある子方屋のおかみは一時、気鬱の病に冒されたそうだったが、私はそれを聞いて、あの衣裳部屋を思い浮かべ、無理もない話だと思った。

で、子方屋の立場に立って衣裳を調達するとすれば、花柄はときを選び、どの着物もせいぜい一か月が限度だし、それに花はいずれ散るという運命にある。忌みごとの多い水商売では不吉なことには近寄らないのが賢いやり方だった。

私の家は料理屋でも子方屋でもなかったが、こういう花街のなかにいれば、親たちもおのずからつつしむところもあったのか、思い返して私の晴れ着には写実的な花柄というものは一枚もなかった。

もっとも、いま考えれば花を美しく染めるのは手描きにしくはなく、そうするとやはり高いものについてしまうので避けた面もあると思う。それでも女の子には花で飾ってやりたい親心もあったのか、薬玉《くすだま》や花丸、四君子の友禅は持っていたが、図案化された花では、花を着ているという満足感がないのは当然だったろう。

こんな経緯を経てのち、やっと自分できものを買える時期に至ったのだが、

⑦春半ばに咲くしだれ桜のきもの。煤竹《すすだけ》色の地に、
糸のような細い枝に咲く桜花。帯はいつも洗い朱。
大好きだが、どうも私には似合わないような気がする。

⑧落花流水の付け下げ。
春霞のような葡萄鼠《えびねず》色に落花流水の柄。
地味派手、という言葉そのもの。

そういうとき宇野さんの桜に出会ったのだった。

三月の章でも書いたが、宇野さんはまことに自由闊達なものの考え方をなさる方で、桜が好き、と思われたら夏冬おかまいなし、浴衣から綿入れ袢纏《はんてん》まで、すべて桜一辺倒でお召しになっておられるのである。

私は桜のきものなど小さいときから見たこともなかったし、内心、こんなに臆面もなく、わあっと咲いた桜を身につけていいものだろうか、と最初は少々おそれを抱いたのを思い出す。

しかし宇野さんを理解するにつれ、この方ほど桜の似合う女性は他にいないのではないかと思うようにはなったものの、いまだに私自身は真夏の桜は着られないのである。

一九九六年、宇野さんは亡くなられたが、その最後の入院中、私がお見舞に伺った二度とも、宇野さんは桜の浴衣を着ておられ、そしてご遺骸が自宅に戻ったときも、紺地に桜の新しい浴衣に着替えておられた。秘書の方のお心づかいだと思われるが、この浴衣は宇野さんとお揃いで一枚は私が頂いており、それだけに涙溢れて止まらなかったのである。

で、私の誕生日は四月十三日、毎年みなさんにお祝いをして頂いているが、パーティの日は誕生日の週の土曜日、と決めてあるので、年によって十七、十八などの日になってしまう。この日は私もま、一年一度の主役として顔に白いものを塗り、服装も改めねばならないが、いままでロングドレスにしたり、付け下げにしたり、そして一度だけ、写真⑪の振り袖を着用。かつて宇野さんも米寿のお祝いのとき、咲き誇る桜の振り袖を召されたが、その振り袖は葬儀の際、祭壇に飾られてあった。

臆病な私は、遅れた桜を着て誕生日に人前に出る勇気はなく、そこで当日は開花を待つ意味で、藤の花柄を選んだのだった。着物の柄選びは、季節の先取りはよいが遅れるのは「六日のあやめ十日の菊」で笑いものになるとされており、もちろんいまはこんな固苦しい決まりをいうひともあるまいが、私など昔人間はやはりこだわってしまうのである。

ところで振り袖のこと、これは女にとって一生一度は手を通してみたいという夢のきものだが、たしかにしっとりと体にまつわる長いたもとは、着るひとをして優雅な気分に誘ってくれる。

⑨黒地に縹《はなだ》色と空色、鬱金《うこん》色、
紅樺《べにかば》の桜花が
ポイントとなっている
印象的なきもの。
素鼠《すねずみ》色の大きな桜花が、
花吹雪の絢爛たるさまを
より豪華に表現している。
私の大のお気に入りだが、
さすがにこのごろは着負けする
ので手を通さなくなっている。

⑩纈《しぼ》の大きなちりめん地に縞模様、
桜の花びらが飛ぶ、
辻村ジュサブロー氏の作品。

⑪暮春の花、藤柄の振り袖。藤は私の好きな花。
六十六歳の誕生日にあつらえた品。

昔は、振り袖は未婚者のみ、という掟があり、結婚ののちは留め袖となってしまうため、あとあとのことを考えて振り袖の上から一尺二、三寸まで模様がついていなかった。つまり袖を切って、留め袖として活用できるよう配慮したものだが、心がけのよい嫁は婚礼の晩、夫の前で鉈《なた》を振るって袖を切り、覚悟のほどを見せたという話もある。

私はといえば、子供のころからずっと、寝巻き以外、袖の短い着物を着たことがなかった。そのころ振り袖とは呼ばず長袖、といっており、鯨尺で一尺七、八寸から二尺までと思われるので、晴れ着用の振り袖という感覚とはいささかちがう。

思うにこれは、いつでも舞の稽古に着て行けるよう浴衣でさえも長袖に仕立てたものらしいが、やいのやいのとせき立てる親の言葉を無視して、舞の稽古など私は一度も行きはしなかった。

そのころ子供たちはみな、元禄袖という丈の短いものを用いており、子供心に袖の長さがどれだけ邪魔くさいものであったか。朝、顔を洗おうとすればたもとがぶら下がってきてびしょびしょに濡れ、ゆえに私は、両袖をたくしあげて首のうしろでいつも真一文字にくくっていたものだった。こうすれば二の腕まで露《あら》わにはなるけれど、まことに軽やかで動きやすかった。

宇野さんの考え方にならって、私はまず夫ある身で大振り袖を着てみたが、さすがに桜だけは花の季節以外、身につけるだけの勇気はいまだにないのである。

五月

*May*

# 大島

①黒地に白の紐の大島は大そうモダン。
袖裏は緋色、裾回しは抹茶色。ふだん着専用。
②左ページ＝この撮影のために初めて袖を通した母の大島。
帯はいろいろな花をデフォルメしてあるろうけつ染めの名古屋帯。

# 母のきもの

手もとに資料がないので、ひょっとして誤りがあるのかもしれないが、もし私の記憶が正しいなら、山本周五郎さんの『小説　日本婦道記』のなかにたしか「松の花」という佳品がある。

生前から徳望の篤い武家の妻が亡くなったとき、死出の衣裳に、と身内の者が箪笥を開けたところ、中身はほとんど空っぽであったという。

この妻は日ごろからひとにはていねいにものを贈ってねぎらい、付き合いを大切にしていたから、まわりはきっと内所の豊かなせいなのだと思っていたという。が、内実は武家の台所、いかにも苦しく、妻は自分の身を詰めて、つましきものらしいものは何も求めず、ひたすら家や夫のために尽くし通してきたのだった。

私はこの短篇を読んだとき、母の生涯を思って涙が止まらなかった。

母は無学な人間で、武家の妻のような立派な覚悟あってのことではなかったろうが、勝手奔放に生きる父のかげで、どんなにか苦労しただろうと思う。

父の稼ぎはよかったかもしれないが、出るものもまた多く、多勢の使用人を抱えて毎月のやりくりにさぞかし頭を悩ましたことかと思われ、私の幼いころの記憶にも、母の質屋通いの姿はありありと灼きついている。

月末が近づくと夜更け、風呂敷包みを抱えた母は裏口からそっと抜け出し、隣町の質屋へ通うのが習わしとなっており、私は一度だけ、母のたもとの端をしっかりと握ってついて行ったことがある。

質屋の門灯はいかにも暗く、それが何やらひとに隠れて悪事を働いているように後ろめたくて、私は門灯にじっと貼りついて動かない蛾をみつめながら、早く帰りたいなと願ったことなど、よみがえってくるのである。

そうやって得た金かどうか、母は少しばかり惜しそうに長火鉢の上で五円札のしわを延ばし、女子衆《おなごし》さんたち一人一人に手渡していたのだった。

母が亡くなったとき、兄と二人で簞笥を改めてみたところ、中身は思いの

③藍大島に多色使いの菊を
織り出した古いきもの。
秋のころ、町着に着ることも
多いと求めたもの。
ふだん着専用。

④質屋によく持ち込んだ
いわく付きの黒と澄んだ瑠璃紺の
横縞の大島。
地がとてもしっかりしている。
裾回しは青系の同色でまとめて
仕上げてある。

ほか軽く、そのときは、

「お母さん戦争中、食糧と代えたんじゃねえ」

などといい合ったが、どうやらそればかりではなかったらしい。

呉服屋はたびたび我が家を訪れ、ときには知り合いの芸妓さんたちのものを見立ててあげたり、また盆暮れには木綿ものではあっても家中の使用人に新しいものをあてがってあげたりしたが、母が自分のもの、として買い求めたことは、私の記憶の限りでは一度もなかったのである。

母の形見として、私は写真②の泥大島と山繭のコートとをもらったが、この二枚とも出所は結婚まえ、実家から支度してもらったものではなかったろうか。

母は十四歳で父のもとに来たから、もしそのころのものとすると、呆れ返るほど地味なものを身につけていたことになるが、昔のひとはみな地味好みだったし、大島は当時の一張羅として、母は生涯を通じて大事に着ていたと思われる。

亡くなったのは五十九歳、私はそのとき二十四歳で、こんな地味なものとても着られるどころではなく、そののち三十代、四十代、五十代にさしかかってもまだまだ手が出ず、せっかくの形見の品も箪笥の底に眠ったままだった。

しかしさすがに六十代になると、思いは昔に立ち返るのか、何やらしくしくと母のことが恋しくなり、やっと取り出して肩にあててみると残念、寸法が合わぬ。そこで縫い返してもらい、いつ手を通そうか、とときを待つうち、とうとう七十の坂にとりかかり、もはや何の存念も残さず、母のぬくもりをまざまざと感じつつ着てみたのが今回の撮影だったのである。

母逝いて四十八年、ようやく日の目を見たこの大島、初めてきちんと着てみて、私は大きな驚きにぶつかった。

大体大島紬《つむぎ》というものは、しなやかではあるもののシャキッとした張りがあり、それが得もいえぬ着心地のよさとなって好まれるのだけれど、母のこの大島、すっかり張りを失ってまるでガーゼのようだった。

おそらくは、結婚の年の十四歳から亡くなる五十九歳までの四十五年間、水をくぐっては縫い返し、また洗っては縫い返ししながら、母は数少ない衣

⑤がんばって購入した
好みの泥大島。
大きな松柄のきものの裾回しの
色は、三條さんの選択。
秋の色の十月素袷《すあわせ》のきもの。

⑥町着としての白大島。
これは私の自慢の品。
亀甲がもう少し小さかったら、
と思うが、
これだけでも十分貴重品。
いく度か水をくぐっているのに、
手ざわりといい光沢といい、
新品同様に見えるのが嬉しい。

類のなかの貴重な大島として、大切に大切に着通してきたものにちがいなかった。

せっかくの母の形見だけれど、こんなに糸が弱っていては人前では着られず、未練たっぷりのまま、いまはまた箪笥の底に舞い戻ってしまった。母はいったい、私に何を教えようとしたか、やたらきものを買い求めず、一枚一枚をいとおしんで着なされ、といおうとしたか、あるいはまた、自分のものはあとまわし、まず夫や娘や孫の身装《みな》りに気を配りなされ、と教えようとしたか、心がけの悪い娘には確たる答えはなお得られないのである。

ところで質屋の話だが、私など、母が質屋通いをしたから気安く利用したかといえば決してさにあらず、この店ののれんをくぐるのは気持ちのうえで一山越すほどの決心を必要とする。

金融機関がいまのようなシステムでなかった時代、質屋は唯一、庶民の手軽なお助け神だったけれど、ひとに知られるのは嫌だったし、そこで暮夜ひそかに、風呂敷包み背負ってまるで泥棒のように抜き足差し足、まわりをうかがってのち、飛び込んだものだった。

質草はさまざまで、朝飯を炊いたあとの釜を入れ、一日稼いで夕方にはその釜を受け出しにくるという、落語のネタのような話もあるが、家の女房のやりくりはきものと決まっていて、そのなかでも高く値をつけてくれるのは断然大島紬だった。

染め物は、どんなによいものでもどうしても色が褪せるし、一度水をくぐれば格段に品《しな》が落ちるが、大島は洗えば洗うほどつやが出てしなやかになり、耐用年数がずい分違うのである。

私など、最初はおそるおそるのれんをくぐり、意外にすんなりお金を貸してくれた嬉しさに早速菓子折りを買い、わざわざ礼に行ったりするような真似をしていたものだったが、要領をおぼえてのちは、専ら値はよくかさばらぬ大島を運んだものだった。

そういう意味で、私をずっと助けてくれたのが④の横縞の袷《あわせ》。

これはたしか三條さんのバーゲンで買ったものだが、縞は単純でも打ち込みが強く織りもよいので質屋さんの喜ぶもの、おかげでどれだけ急場をしのがせてもらったやら。

⑦はっきりとした横縞がモダン。
縞のあいだは細かい絣。
このきものを着ると
闘争心旺盛になる。
男性的なデザインだからか。
帯は白に限る。

⑧お対（ひき）の反物で
あつらえられた
羽織付きの奄美大島産の貴重品。
多色使いの
工芸作品といえるものである。
古い古い品。

⑨天然の紅で染められた細かい
絣のきものは、
無地としても着る機会が多い品。
着るほどにやわらかくなり、
体に馴染むのも絣のよいところ。

一時期は、向こうの蔵とうちの簞笥のあいだを行ったり来たりし、しばらく手を通すこともできなかったことなど思い出すのである。

他にも質草となったきものはあるけれど、期限が来ても受け出す用意ができず、みすみす手放してしまったりする品もあるなかで、もう四十年近く、このきものが私のそばにあるというのも縁《えにし》かな、という気がするのである。

また昔から、織物は改まった場へは着て行けないもの、といい慣わされ、いくらよいものでもお茶席にさえ遠慮したものだったが、にもかかわらず、大島に人気が集まるのは何といっても着心地のさわやかさと、耐用年数の長さによるものだろう。

畳んである衣類のあいだにそっと手をさし入れると、結城紬はほっかりとあたたかく、大島はひんやりと冷たい。

帯つけの素袷は五月、十月だが、この着心地からして私は昔からずっと大島は五月のきもの、と決めてある。土佐は暑いし、軽くて着やすい大島は昔もいまも、女性たちのあこがれだった。

いま大島はピンキリで、キリのほうはお安くなり、私などコートなどにも仕立てて愛用しているが、昔、手織りの大島というのは万金積まねば買えず、それも呉服屋ルートには乗っていなかったから、手に入れるのはむずかしかったらしい。

私など子供のころ、夏になると姉さんかぶりに紺絣の働き着を着た女性が大きな荷を負うてやって来、家の店先などでその荷を拡げて商っていた光景をおぼえている。

女性ははるばると大島からやって来たひと、商う荷は椿油と大島紬で、ものの珍しさに町内の女たちはわっとたかり、手にとったり肩にかけたりさんざん品定めをするが、買うのはいつも椿油ばかり、という程度ではなかったろうか。

我が家にしても、大ていの買い物は節季払い、盆暮れの清算だったから、なけなしの金をはたいて自分の着物など母が買えるわけがなかったのである。

②の形見の大島は、母の実家の、私には祖母にあたるひとが、いずれは嫁ぐ娘のために「大島もせめて一枚」と念じ、へそくりの一銭、五厘などの銅貨をまねき猫などの貯金箱に貯め、大島からの行商を待ちかねていて奮発し

⑩黒地に柳葉の色に似た
柳染めといわれる
緑の格子入りの粋な大島は、
三味線などのお稽古着。
着やすく、軽く、
なにより着心地がよいのが
気に入っている。

⑪丹波焼や信楽焼、沖縄製やヨーロッパ産など、
旅先でひとつひとつ買い求めて収集した
一輪挿しの一部。
庭先に咲く折々の花々をそれぞれの花瓶に生けて、
季節を部屋のなかに飾るのも楽しい。

たものではなかったかと想像されるのである。

こんなふうに考えていると、土佐では大島を大切に扱ったことが思われるが、ところ変われば品変わる、で、京上方あたりでは昔からまた違った位置づけであったらしい。

年配の方に聞くと、「大島は寝巻きさえ」といい、そうでなければ「女子衆さんの働き着にええのえ」ともいう。

いくら洗っても強くて古びず、むしろ水をくぐるほどしなやかになる材質が寝巻きとも働き着とも適しているのはまったく同感だけれど、それにしては手軽に買えない大島を、こともなげにそう片付けてしまうのは、これは文化の違いというものかと思う。

千年の都京都では、伝統ある京呉服の絢爛があり、大島は地方に産する地縞のひとつ、と考えているであろうと思われるのに比べ、これといった織物のない土佐では、その精緻な技術を珍重し、愛しているのだろうなどとも考えられるのである。

ところで、この章でご覧頂いた大島十枚のうち、③、④、⑤、⑥の四枚以外はみな、ひとさまからの頂きものである。
⑤、⑥は、二十四、五年まえ購入したもの。当時の値段は、借金覚悟で、というほど私の身の丈に余るものだったが、いまでは買っておいてよかったとしみじみ思う。
他はどなたに頂いたやら記憶もあいまいだが、私のもとに辿りつくまで何人もの手を経たのではないかと思われるような昔の品だが、いまだ少しも古びていないのはさすが大島。

六月

*June*

# 縞のきもの

①単衣の格子の紬のきもの。
帯や小物の取り合わせ
次第でモダンにもなるし、
地味な着こなしともなる
格子である。
私は、こんな元気な
縞が好き。

②左ページ＝かつて
『きのね』の取材で、
前田青邨未亡人宅に伺った
折の格子の紬のきもの。
紬の緑色の帯と
合わせるのが私の好み。

# ふだん着に遊ぶ

いまきものはほとんどよそゆき着専門となり、家でのくつろぎ着は洋服で、昔とはすっかりあべこべになってしまった。

私ども子供のころのお出かけといえば、夏冬通じてまず帽子をかぶり、ゴム紐をあごにかけ、秋冬は必ずコートかオーバーを着てきちんと釦《ボタン》をはめ、最後に皮靴をはいて足首の尾錠をパチンと止めて出来上がり。この装束で澄まして出かけ、家に戻ればパアッと帽子も手袋も脱ぎ飛ばし、そしてやっぱり、着馴れたふだん着の紐を結んでほっとくつろぐのだった。

戦前の庶民のふだん着といえば、まず丈夫な木綿もの一辺倒で、値段の安いものから順にハゲズ、絣、ガス縞、真岡《もおか》、季節によってはモス、セルなど奮発することもある。

呉服屋の一階では、いまの洋服地のような大幅ものの切り売りをしており、ハゲズはそのなかでもいちばん下の、綿入れ用プリントものとして使われていたのではなかろうか。

そのころのプリントものは質も悪く、水をくぐらせばすぐ色が褪せるゆえにわざわざ「剝ゲズ」という名をつけて、これは色が剝げませんよ、と売り出していたにちがいないが、おおかたのひとがこれを綿入れものに使っていたのは、やっぱり洗うのは危険、と知っていたのだと思う。

私も一枚、ハゲズの綿入れを持っていたが、色がけばけばしく、袖口や胸もとの汚れがてらてら光って嫌いだった。

まだ四つ五つのころ、冬の朝の大人たちの忙しい時間、かまってもらえず、仕方なし一人でこの綿入れの八つ口から両手を入れて縁側に坐っていると、いつのまにかほかほかと指先があたたかくなったのをおぼえている。が、嫌いなものはやっぱり嫌いであったらしく、ハゲズはじき私の記憶から消えてしまった。

ガス縞は、木綿糸をガスの炎にくぐらせて織ったもので、母がいつも着て

③全集が完成したときの
パーティで着た
単衣の付け下げ。
照り柿色の落ちついた朱色に
モダンなカラーの花が
楚々と描かれている。

④鳥の子色の地に、
萩と菊花咲く単衣の
付け下げは、
改まったときに重宝する
加賀友禅。
初秋の外出着として愛用。

⑤柳葉色の単衣には白い
罌粟《けし》が描かれている。
遠目でも柄が引き立つので、
講演会によく着るきもの。

⑥緑がかった江戸色とも
よばれる淡い灰色に、
牡丹の花がいさぎよいきもの。
江戸を冠した色は、
新趣向の色を指して
名づけられたといわれる。

いたもの、手ざわりがしなやかで肩が凝らなかったらしい。

余談を許してもらえば、私が作家となる機を得たのは私家版『櫂』なのだが、当時第一生命住宅に勤めていた私は、一年分の収入全部をつぎ込んでこの本を作ったことを思い出す。『櫂』は母への鎮魂歌でもあり、何か母をシンボライズするものをと考えて思い出したのは、母が日常着ていたこのガス縞。唐桟《とうざん》ふうのこの縞を再現して表紙に貼りたいと思い、銀座のゑり円さんに頼んだところ、快く引き受けて下さって計十一反の縞が出来上がり、これで製本してもらって五百部を作り、皆さんにお配りしたのが太宰賞をもらったのだった。やはり亡き母の加護というべきかもしれないがどうだろうか。

単に真岡と呼んでいた真岡木綿はそのころ全盛時代で、銘仙の買えない家では子供たちの正月の晴れ着だった。さまざまのきれいな柄が織られてあり、私の家に、将来芸妓になるべくやって来た同年輩の子供たちに、母がときどき作ってやったのを、わきから眺めて、私も欲しいなと羨んだものだった。

並幅の木綿ものは畳んで飾り糸をかけ、三つに折ったボール紙に包まれて呉服屋で売られているが、この三つ折れもののなかから可愛い柄を選び、子供だから四つ身仕立てにすればきものと羽織の対《つい》が出来上がる。

それを着て彼女たちが裏長屋の実家へ帰ると、母親は、

「まあ、新しい真岡をつんと上下、作ってもろうて」

と涙を流して喜んだという。

モス、セルはウールのことで、大ざっぱに分けるとモスは捺染《なっせん》、セルは織物と思えばよいが、両者とも単衣で着る人が多かった。モスはメリンスとも、いふくともいい、下に肌着をつけていてもちくちくと刺すので私はこれも好きではなかった。モスもセルも、何故か玄人衆は着ないもの、とされていたらしく、仲居さんや下働きのひとは別として、芸妓衆がふだん着にセルなど着ていたのを、私も見たことがなかった。

毛織物は体の線を隠すので色気がない、などといわれていたせいかと思われるが、まだそのころは色柄や染めにも華やかさが乏しかったこともあったかと思う。

ところで、七十いく年きものを着続けてきていま思うのは、何とかして楽に心地よく着たいという望みである。

⑦新潟県塩沢で織られる
御召風の塩沢紬は、
冬の雪の中で晒され、色とつや、
強さを保持する。
着るほどに魅力が出るきもの。

⑧愛用の旅行着、秩父銘仙。
玉繭から取った生糸である玉糸を
使っているので、
丈夫で軽いのが特徴。
黄の無地の紬帯を締める。

重くなく、体にまつわらず、そして人前に出て気がひけず、となると当然木綿よりは絹、袷よりは軽い単衣、となり、毎年衣更えの六月ともなればほっとする。

いつぞや浅草の三社祭のとき、お茶屋で待っていると、やがて踊り子のお姐さん方がどやどやと流れ込んで来、見れば皆さん絽のきもの。

「え？　五月だというのにもう薄物？」

と思わず聞くと、口々に、

「踊っていると暑くてかないません。

お許しめされよ。お許しめされよ」

といいつつ舞い納め、次なる客のお座敷へと移って行った。

なるほどお姐さん方重労働だもの、仕方ないか、と納得したが、労働せぬ私など、五月三十一日までは汗を拭き拭き、袷で我慢するのである。

で、天下晴れて単衣の楽しめる六月、私は小説『きのね』を新聞連載することになり、その取材のために日本画家の前田青邨未亡人（五代荻江露友）宅を訪問することになった。いまから十年も前になるだろうか。

過ぎてしまえばどうってことはないが、当時私の緊張したこと、緊張したこと。何故かといえば、夫人は荻江節の達人であり、画家夫人だけに極めてきびしい審美眼をお持ちのよし、訪問客があるときはまず覗き穴から覗いて、服装が気に入らない場合はお会いにならないとか。もちろんこれは根も葉もない憶説であろうが、たとえ憶説であれ、こんな噂を聞くと、当日の服装に悩み果てるのである。

取材は仕事のひとつだし、仕事に訪問着などじゃらじゃら着てゆくのは非常識、では無地に染め帯か、いやいやこれも改まりすぎる、それに私は若輩、茶人めかしたものはご遠慮申し上げるべき、と考えればとめどなく、そのうち半ばやけっぱちで行きついたのが写真②の格子の紬《つむぎ》。

この紬は節《ふし》があって少々重いが、とてもさわやかな感じで、同じ紬の緑一色の帯と合わせた一揃いは私のお気に入り。困ったとき「お気に入り」はお助け神、これなら「お話をしっかりお伺い申し上げます」の雰囲気にはなるだろうと、肚《はら》を決めてお伺いしたのだった。

当日ご高齢の夫人は、お嬢さまに介添えされてお出ましになられたが、開

⑨若いころよく着た御召。
着心地よくふだん着として
重宝した二色使いの縞のきもの。
働き者のイメージである。

⑩経糸《たて》に生糸、緯糸《よこ》に縒《よ》りの強い
練り糸を用いて
細かい縐《しぼ》を作る明石縮は、
夏向きの着心地よいきもの地。
このきものも、昔のよさは
半減しているが、明石縮のひとつ。

⑪御召茶と藍、梅幸茶の縞柄の単衣の御召。
御召とは十一代将軍家斉が愛用したので
つけられた名称。
このきもので浅草のお茶屋さんに
行ったところ、芸妓さんの一人からねだられ、
そのうちね、と約束したまま
いまだ差し上げもせず今日に至っている。
どうしたものか。

口一番、

「いい趣味でござんすね。そのお召しもの」

と仰せられ、それを聞いて、私めの目の前の暗雲がパアッと晴れ渡ったのはいうまでもなかった。

夫人にお墨付きをもらったこの一揃いは、その後ぐんと格が上がり、めったな場所へは着て出られないゾ、と箪笥に蔵《しま》ったままになっているが、元来縞はふだん着なのである。

位《くらい》からいうと、たて縞が一で、格子は二の次らしく、たて縞ならこの上に黒い羽織を着れば慶弔にもまあ許されるが、格子はそれができないとは聞かされている。

私自身の好みをいわせてもらえば、織物の縞よりは染めた縞、たて縞よりは格子が好ましく、それも芝居でいえば弁慶格子より『義経千本桜』はすし屋の段、いがみの権太が腕まくりして着ている、キッパリと元気な縞がいいのだが、それについては母より「染め縞はしどけないので玄人好み。権太縞は男縞じゃやから、あんたが着るものじゃない」と固く釘をさされている。

昔は、縞以外は着ないという、病持ちほどの縞好きはそこここにいたが、ふだん着にしかできない縞は勢力衰え、いまはほとんど呉服屋さんの店頭からは姿を消してしまいそうなのは残念な話。

ところで、六月と九月しか着られない単衣ものは、袷と比べれば少なくてすむはずなのだけれど、裏のないものは手軽にやりとりできるせいか、私もみなさまからずい分頂戴し、箪笥には袷にひけをとらないくらい溜まってしまった。

③、④、⑤、⑥はその一部で付け下げ。講演など人前に出る機会は気候のよいこの月に多いから、結構重宝している。

あとは私の好きな軽やかな町着、ふだん着で、⑦は五、六年まえ、福島県原町市で講演を頼まれたとき、お世話されているSさんから「当日これを着て話をして下さい」と贈られた塩沢。Sさんは塩沢のとてもお好きな方で、この他にも何枚かを頂戴し、おかげで私までその着心地のよさを堪能させて頂いている。

⑧は昔なつかしい秩父銘仙。ひょんなことから秩父でいまなお銘仙を生産

⑫熨斗目《のしめ》花色とよばれる
寛政のころに生まれた
青色の単衣のきもの。
扇面と野藤、
蝶が全身に舞う気軽な町着。

⑬ごく暗い青紫である褪色に、
白い芍薬が浮き上がって見えるきもの。
単衣なのでなかなか袖を通す
機会がなかったが、
家にいたお手伝いさんが
結婚式を挙げることになり、
やっと日の目を見た。綴《つづれ》の帯を締めて。

⑭滝口和男作の茶碗。ガラス状の窯変《ようへん》のある土ものにもかかわらず、優しさが漂う品。黒檀と銀製のデザインの箸はクリストフル製。パリからのおみやげである。

しているTさんと知り合いになり、以後、どれだけ利用させて頂いたやら。

何しろお安いし、軽いし、旅行着にはぴったりで、以前私の中国訪問が具体化してきたとき、戦前の服装を調達する必要があって、この銘仙でもんぺの上下三揃い、Tさんが作って下さった。中国行きは取り止めとなったが、その後、毎年のようになおお誘いがかかるため、もんぺはいまだ大切に保管してある（その後、一九九八年にこれを着て中国行きは実現）。

⑨も昔の品で御召。私たち娘のころは御召をよく着たものだが、雨に濡れると縮むという欠点があるので、いまは呉服屋さんで見かけることはなくなってしまった。シャキッとした着心地は無上のもの。

⑩は明石縮という触れ込みで買わされたものだが、昔の明石とは似ても似つかぬ厚手の品である。

次章の薄物の項で触れているが、昔の明石縮の優雅な美しさは知っている者でないと判らないほど。

薄く薄く、しなやかで、染めの色が深くて、私の中国で失った品々のなかでも、紫の明石だけはいまでもしみじみと惜しいと思う。本来明石は盛夏用だけれど、この厚さでは単衣ものでちょうど。

一三三頁の滝口和男作の茶碗は、見込みにガラス状の美しい窯変《ようへん》あり。箸は、おみやげに頂いたパリのクリストフルの製品。

七月

*July*

# 薄物

①絽ちりめんに加賀友禅の礼装。
地色は海松茶《みるちゃ》と灰汁《あく》色の中間色。
下に重ねる色と微妙な光沢で色が美しく変化する。

②越後上布の帷子《かたびら》、黒地に澄んだ青の模様が涼風を運ぶ。
ちなみに帷子とは、単衣のなかで
地質が麻や生絹《すずし》のものを指す。

# 夏に装う

夏、結婚式などの大きなお祝いの席に招かれたとき、和服では何を着るかといえばこれがなかなかにむずかしい。

めったにない機会のために大枚をはたいて新調するのはもったいないし、そこでこのごろでは冷房を効かせてどなたも冬の袷の紋付きをそのままお召しになるし、また貸衣裳屋さんでも単衣や薄物の礼装を用意しているところはないらしい。

これは、考えようによっては礼にかなっている服装というべく、というのは、万事ものごとを丁寧にするのには重ねたり、裏をつけたり、厚く包んだりするのが定石だから、暑さに耐えつつ色留め袖の袷をまとって挨拶するのは、相手に対する最上の敬意とも考えられなくはない。

ただ長いあいだ、季節によって衣更えを楽しんで来た習慣を持つ人間にとっては、初夏には初夏の、盛夏には盛夏の一等礼装を身につけたく思うのは当然のこと、そこで私の作ったものは、単衣物は無地の五つ紋、薄物は写真①の絽ちりめんだった。

無地は別として、礼装にはそれなりに格のある柄ゆきでなくてはならず、これは加賀友禅によくある風景文。風景文にはさまざまあり、お目出度いもので不老不死の仙人が棲むという蓬莱山や近江八景、中国の山水画、瀟湘八景を写した染めなどは、それだけで額装にでもしたいほど手の込んだもの。

一般的には茶屋辻といわれる山水楼閣の柄がふだん着にも使われているが、私のは茶屋辻ほどくだけもしていないので、白衿を重ねて七、八月のお招ばれにはこれで身軽く出かけている。

それというのも、前にも愚痴ったけれど、年々歳々重いもの、固いものが嫌になり、ただいままでは一年中でいちばん好きなきものは、軽くて涼しい絽、という次第になってしまった。

夏にきもの着て帯締めて、さぞかし難行苦行だろうとひとは同情してくれ

③朝顔が描かれた
夏らしい絽のきもの。
瑠璃紺の深いブルーに、
裾から肩までのびた蔓が
斬新な柄。
雑誌「アエラ」が創刊されたとき、女性で表紙に初登場してほしいと頼まれ、
第九号にこれを着て写してもらった思い出のきもの。

④黒地に水色の
重ね分銅模様の上布。
上布とは夏の高級先染着尺のことで生地に張りがあり、
風を通すので涼しく、
水をくぐらすことができる
上等の布のことである。

⑤桔梗と芒の柄の
絽のきもの。
秋の気配がするころ、
着たくなるきもの。

⑥露芝の絽のきもの。
お気に入りの三十年来の品。
桔梗、萩、菊などの
秋の草花が優しげに咲く。
いまは地色が黄ばみ、
白からは遠い色になって
しまったが、好きだから
ひと夏に一回は着る。

るが、なんのなんの、冷房つけて絽に手を通し、涼しい車で着いた先はこれまた冷房の効いたお座敷。洋服だとたちまち体調くずすところが、きものだと大丈夫、安心して過ごせるのである。

昔のひとの考え方としては、

「透けるものは下品」

と忌み嫌い、私も感化されて、簾《すだれ》みたいに向こうの透ける絽の着物など、ぞっとするほど嫌いだった。

最近では、洋服さえも専ら蟬の羽のようなシフォンばかり、同色の下着も一緒に作ってもらうようになっており、かつてピケ地のワンピースなど好んだ私にしては大変貌を遂げたことになる。

戦前の夏着といえばまず帷子《かたびら》で、これは麻織物をそういい、薄いのでやはり多少は透けるのだけれど、張りがあって肌に付かず、着心地は抜群、人が着ている姿でさえも、肩などにふんわりと風を孕《はら》んでいて、いかにも涼しそうに見えた。

ただ、この帷子の憎らしさ、着にくさ、私など「喉元過ぎれば熱さを忘れ」、見た目の涼しさについ誘われて手を通し、あげく、ヤラレタ、と毎度思うのである。

　というのは、まことに簡単にしわしわ、しわしわとなってしまうから。着るとふんわり涼しいが、一時間も同じ姿勢で坐っていて今度立ち上がると、肘から手首までが縮み上がり、膝はまん丸く出て、後ろのふくらはぎ部分は坐った形なりのプリーツになってめくれ上がっている。これではまるきし奴凧《やっこだこ》、客の前で足首出して歩かねばならぬ恥ずかしさを思えばコンチキショウ、八つ裂きにしてくれる、と頭に来るが、その怒りがすぐ消えてしまうのが、この伝統ある織物の魅力なのだろうか。

　夏もきものを着通した私の母など、帷子をなだめるのには、すぐ脱いでしわ部分に霧を吹き、しばらく座蒲団の下に敷いておけばもとのようになることを知っており、そうやって仲よく付き合っていたらしい。

　霧吹きといえば、洗濯機も水道もない時代の洗濯というものを、いまのみなさんはどんなふうに想像なさるだろうか。

　きものは大ていほどいて洗い張りをするが、丸洗いする夏の浴衣などは重

⑦黒の絽地に秋草が
描かれた華やかなきもの。
白地に、ところどころ
見られる赤と青の花色が光る。
⑨の団扇《うちわ》のきものとともに、
私の好みでときどき着るが、
両者とも「出晴れのせぬ」品。
あまりパッとしない。

⑧宇野千代さんより頂いた
絽のきもの。
全体にぼかした蕎麦《そば》の花の
ような形状の花は、
花芯が赤。
これを頂いたときは
体形がスリムだったが、
いまは寸法が
合わなくなって、蔵《しま》ったまま。

⑨淡い色調の鳥の子色の
絽地に団扇の柄が
夏ならではのもの。

⑩西野由志子氏作の
「天の川」という銘のきもの。
自著原作の映画の
試写会の記念パーティに
作ってもらった星のきもの。

労働だった。大人の浴衣ならたらいに一枚入れるともう満杯というほど嵩《かさ》があり、それを洗濯板と固形石けんで衿、袖口、裾などを入念に洗い、そのあと濯《すす》ぐのだが、これが大へん。釣瓶《つるべ》で井戸水を汲み上げて最低三回は濯いだあと、さて糊をかう（つけることをそういう）。

横町の雑貨屋に行けば洗濯糊を売っており、小皿の形をした木枠に一杯一銭だったとおぼえているが、主婦の身で洗濯糊を買うなんて、なんという世帯持ちの悪い女か、という非難が横行している昭和一ケタ時代のこと。

そこで世帯持ちのよい主婦は晒《さらし》で糊袋を縫い、お櫃《ひつ》の底の残り御飯をこれに入れて水の中で揉《も》み出すのである。水は御飯糊で白濁し、その中へ洗い上げた浴衣を浸して全体に糊をかい、絞り上げてざっと畳み、手で叩きつけてしわを取ってから竿に通す。水分を含んだ浴衣はここまでの過程でとても重く、すでにへとへとになるが、まだまだあとがある。

干した浴衣が八分どおり乾いたころあいに取り込み、全体に霧吹きで湿らせてのち丁寧に畳んでから茣蓙《ござ》にくるみ、その上に一、二時間坐って押しをする。そのあともう一度風に当てれば、まるでアイロンをかけたような、パリッと糊の効いた浴衣が出来上がるのである。

夕風の吹きはじめたころ、風呂上がりにこの清潔な浴衣を着て川べりを散歩する快さ、そのかげには、母や女子衆《おなごし》さんたちがふうふういいながら格闘していた労苦など、思いもしなかった少女時代だった。

小さいものでも足袋の洗濯はこれも大へんで、私などずい分以前からクリーニング屋さんをわずらわしているが、昔は「足袋は温《ぬく》いうちに洗え」というのが教訓で、つまり脱いだらその場ですぐ洗えば汚れが落ちやすいということだった。足袋は洗いにくく、乾きにくく、ゆえに足袋を買えばまず内側に木綿糸で輪っかを作っておき、洗ったあと裏返して竿に通したものだが、足袋を何足も洗ったため、指の皮がべろりと剝《む》けてしまった話など珍しくなかったのである。

因《ちな》みに、高知市に水道が引かれたのは大正十二、三年ごろらしく、私の子供のころはすでに普及していたが、そのころの女性の考え方として、

「水にお金を払うなんてもったいない」

とばかり、炊事用にしかその水道は使っていなかったらしい。

⑪「竺仙」のちりめん浴衣、湯《ゆ》帷子《かたびら》。
本来は湯《ゆ》浴《あ》み用だが、
これは町着にもなるしっかりした品。

⑫色、柄ともに涼しげなちりめん浴衣。
「三條」の品。
着心地も極上の、町着になる浴衣。
藍が好きなので同じものを何度も着たくなるが、
自分をセーブしている。

⑬有松絞りの木の葉柄の浴衣。
どんなに好きでもしょせん浴衣なので、
小さな浴衣帯を締め、
下駄ばきで花火見物などに。

⑭紅梅《こうばい》織りの浴衣。
全面を菊の大小で埋め尽くした華やかなきもの。
紅梅織りは私が子供のときに流行ったもの。
いまはとても少ない品。
最近は箪笥の中に蔵《しま》われている。

わきに外れついでにもうひとつついわせて頂くと、いま女性の手からまったく離れてしまったのが、寝敷きともいう寝押しの仕事。就寝まえ、脱いだふだん着を畳み、蒲団の下に敷いて寝ると、朝は肩山に折りのぴんとついたきものが着られ、いつも身じまいのよいひと、とまわりからほめられる。昔はアイロン代わりに何でも寝押しし、女学生時代、ひだスカートの制服を着た私なども、眠いのをこらえて毎晩寝押しは忘れなかった。

で、写真に戻ると、②は同じ帷子でも極めて細い糸で織り上げ、雪に晒した越後上布。こうなるととてもしなやかになり、奴凧ほど突っ張らず涼しい。雪国の夏の織物には小千谷《おじや》縮や明石縮など着心地のよい高級品が多く、父も母もとても大事に着ていたのをおぼえているが、それだけに戦争中、食糧と交換しなければならなかったのがいかにも惜しかったらしく、その後も折にふれ、なつかしんでいたことをおぼえている。

いま私の簞笥には、頂きものの芭蕉布や紋紗、生紬《なまつむぎ》、夏大島など、盛夏のものが横たわっているが、めったに取り出すことはなく、お見せするのは出番の多い絽で、あと七枚はいずれもそれ。

いちばんよく着るのは⑥で、もう三十年来年一回は必ず日の目を見るため、白地は灼けて黄ばみ、模様の色は少し褪せてきたが、このきものの露芝の柄が涼しそうなのと、こちらの動きに布地が抵抗なく添ってくれる着心地が何ともいえずよく、お役後免にはできにくい品。

⑧は宇野千代さんより頂いたもの。初めて手を通したのは、忘れもしない吉行淳之介さんとの対談のときだった。

吉行さんはひとも知る座談の名手で、私とは二年違いで誕生日が同じ。そういう因縁ではあるまいが私を嫌がらせる悪趣味があり、このときも私はさんざんに翻弄されて応戦に大わらわ、終わってみると坐っていた畳は私の足の形なりにびっしょりの汗だった。

むろん脛から下の部分のきものは絞るほど濡れており、絽もこれほどの汗にあえば麻のように縮むということを知ったのだった。

一四八～一五二ページは夏のちょいちょい着。町着でよく内着でよく、帯も、浴衣帯でも博多献上でも何でも合うので便利である。このなかで、⑪は竺仙さん、⑫、⑮は三條さん、ともにちりめん浴衣だが、実質はちりめんの

⑮撫子の花が飛ぶ
藍染めのちりめん浴衣。
好きな青、好きな夏の花。
着心地満点のきもの。

⑯表付きの駒下駄。鼻緒は革製。

⑰二足ともコルク台の草履で、「祇園ない藤」の品。
奥はパナマ表で夏もの。
鼻緒に鮮やかな紅のあるのが、この店の品の特徴。

単衣物のこと。浴衣と呼ぶのは柄が夏向きで涼しそうに見えるのと、夏特有の藍染めだから。着心地は極上なので今年こそ、と狙うのだけれど、もはやきものの用は外出着のみ、とくに夏物は箪笥から出ることはなくなってしまった。

同じように、⑬は有松絞り、⑭は紅梅織りの浴衣、こういうものも子供のころはよく着たものだったが、いまは思い出のなかの品。

もうひとつ忘れられないものにジョーゼットがある。私が小学生のころ、透け透けでひどくシャリ感のある着尺を母が作ってくれ、それを着てお稲荷さんの夏祭りに出かけたのはよかったが、

「冷《ひや》っこいの、冷っこいの」

の呼び声につられてイチゴ水を飲みすぎ、たちまち熱を出して即入院してしまった。

以来母は、そのジョーゼットを、「縁起が悪い」と忌み嫌い、もののないころだから捨てる度胸はなく、そのうちふと思いついて洋服屋さんに相談したところ、たちどころにフリルのついたワンピースに化けてしまった。紺地

に色づいた蔦の葉模様のきものだったが、ジョーゼットという呼び名からして、案外洋服地用のものを母が間違って買ったものかもしれなかった。

絽以外、まったく出番を失ったこれらの夏物、これから先どうなるやら、とその運命を思うことしきりなのである。

# 帯

八月

*August*

①愛用の帯留めの一部。琥珀や珊瑚、べっ甲、漆、
銀など、どれも凝ったデザイン。
とくに珊瑚は故郷高知産、地味なきもののポイントによく使う。
ちなみに帯留めは江戸期から用いられていたが、
金具や宝石が飾りに使われるようになったのは、明治時代になってからという。
②左ページ＝右二本はもともと丸帯だった刺繡の帯。
見事な手仕事の品である。
左は奥より扇面柄の綴《つづれ》、花柄の漆、鳳凰と万寿菊柄を
折り込んだ西陣の袋帯、どれも格調高い品。よそゆき用。

# 厄除けの思い出

女三十三歳を厄年と称して忌む習慣が現在もまだあるのかどうか、私がこの年を通過するころはなお歴然と残っており、厄除《よ》けのためのさまざまのまじないを試みたものである。

とくに縁起を担ぐひとは前厄、本厄、後厄と三年続けてもの忌みをするが、私の婚家先の農村一帯でも「本厄には嫁が実家から帯を贈ってもらえば災難を逃れられる」というしい習わしがあった。

厄年は数え年だから私がそれにあたるのは昭和三十三年のこと、とすれば衣料全般、まだ決して豊かとはいえず、それに私の両親はとうに亡くなっており、頼るは縁の薄い継母だけだった。

自分の思いをいえば、無理して帯などもらいたくもなかったが、郷に入っ

ては郷に従わなくてはならず、遠慮しいしい継母に告げると、はたして、

「困ったねえ。厄除けのお願かけなら何でもええというわけにはいかんやろ。立派な織物でのうてはお姑さんも承知なさるまい」

と悩みに悩んだが、どう無理算段してもこのひとに帯の買えるわけもなかった。そこで考えたのが、

「私にできることはこれしかないきに許してね。一心込めて祈ってあるきに」

と贈られたのは三本の腰紐だった。

帯を贈るのは、命長くの意味を込めてのことと思われるゆえに、同じ長いものなら腰紐でも、と継母は秘蔵の小切れのなかから赤いちりめんを選び出し、つぎはぎしながら絎《く》けてくれたのだという。

いまは一人で貧乏している継母のこの心づかいを私はとても嬉しく思ったが、姑はかなり失望したとみえて、私の厄除け祝いの宴は開かずじまいだった。

余談になるが、女三十三歳の親といえば若くても六十近く、遅い子だった

③上＝有職《ゆうそく》文様や正倉院文様など
格調高い文様を幾何学的に
織り出す京都「龍村」製の帯。
きものに格式を与える
力強い帯である。

④下＝平安時代の公卿や
上臈の柄を織り込んだ
袋帯三本。
華やかそうに見えても
締めると意外に地味なのが、
これらの帯。
中央の帯を一度締めたきり、
他は一度も使ったことがない。

⑤上＝沈金と銀通しの金と
銀の袋帯。礼装用として
大そう重宝している帯。
袋帯は袋状に織り上げられ、
両端以外は縫われておらず、
帯芯を入れずに
そのまま締めることもできる。

⑥下＝六本すべて手作りの品。
右上は大輪の菊の
ろうけつ染め、
右下は若山牧水の歌の
墨書き、贈りものである。
中央上はフランス刺繍、
下は柿のアップリケ。
左上は日本刺繍、下は手描き。

ら七十にもなると思われ、いまと違って昔の年齢感覚ならすでに老い、嫁いだ娘に高価な帯を贈ることのできるのはそうたくさんの数ではなかったろう。それだけに、嫁の里から厄除けの立派な帯が来た、という家は、それを床に飾り、盛大な宴を開くことができたのだった。

このことは私の胸の底に継母へのすまなさ、姑への申しわけなさ、としていまだかすかに残っており、そのせいかどうか、私は豪華な帯など一度も欲しいと思ったことはない。

ま、きものもそうだが、帯ほど千差万別の価値あるものはなく、上は夕ペストリーにも匹敵するほどの品もあれば、下はそこらあたりの布をいきなり腰に巻きつけていても、帯として通用するのである。

それに、帯はその用からしてまことになまめかしく、女が体を許すことを「帯を解く」などという粋ないいまわしもある。いまは亡き女流作家の書いた短篇で、ある娘が一張羅を着、家の者に帯を結んでもらって外出し、出先で恋人に会ったのはいいが、二人は別れ難くなりそのまま旅館へと向かってしまう。そのあと、きものは何とか着ることができても娘も相手も帯が結べず、困り入ったという話があって、私はそれを読んでなるほどなるほど、と大いに感じ入ってしまった。

読んだのはたぶん三十歳くらいのときだったと思えるが、逢いびきとは帯まで解かねばならないのか、という発見と、そして、一人で帯の結べない女性がこの世にいたのか、というふしぎさだった。いま思い返せば、自分の幼さに吹き出しそうになるが、何しろ逢いびきなどもっての外、という戦時中に青春を送り、十七歳で結婚してしまった私にとっては、娘が男と旅館に入って帯を解くなどということは、ただただ驚きでしかなかったのである。

一人で帯が結べないのは、現代では珍しくないが、しかし昔でも、大きな立派な帯は一人ではむずかしかった。

何しろ昔の丸帯というのは、幅は優に一メートルはあり、重さは八キロ以上もあったから、これを身に縛りつける女性は拷問に等しい苦しみであったにちがいない。花柳界ではこの帯を結ぶため箱屋とよぶ男衆を雇い入れており、芸妓さんたちの出の支度のとき、箱屋の兄さんたちが渾身の力を込めて帯を締めている風景を、私は目に灼きつけている。

⑦お洒落着に使用している帯。刺繍、綴れ織りなど、色も柄もさまざま。

⑧夏用の紗、羅、絽の帯。
どれも薄手で軽く、好みの絽のきものに合わせて使用。
少しでも涼しさを演出すべく柄は萩、桔梗、葡萄など秋を思わせるものが多い。
濃い色、薄い色、どちらも夏帯は小さめに薄物使いをより強調して結ぶのが小粋。

⑨半幅の浴衣帯。どれも縞模様が粋。
浴衣は昔の湯《ゆ》帷子《かたびら》の略で、
本来湯《ゆ》浴《あ》みのときに身にまとったものを指し、
その後、湯上がりの衣から夏の木綿の
単衣としてふだん着となった歴史がある。
私が持っている藍染めやちりめん、
綿縮《ちぢみ》、綿絽、紅梅織りなどは、
お洒落な浴衣に合わせて締められる
遊び心のある帯ばかり。

⑩町着用に使う名古屋帯三本。奥は黒地に紅型《びんがた》、松竹梅の模様。
上は白地に龍の手描き帯。鮮やかなイメージを残すもの。
手前は濃紺に椿と鳥が描かれた窓絵の帯。
小紋など小さな柄の着物に合わせやすい品。

こういう帯苦（?）からは早く解放されればいいのに、と見るのは、よい帯など持たない第三者であって、締めてもらうほうはこれぞ女の意地か威勢か、「ここ見よ」とばかりの晴れがましさであったろう。歌舞伎の「助六」の揚巻など、あっと驚くあの豪勢な帯あってこそ、りんとした科白《せりふ》も生きてくるのである。

これらの丸帯は、工芸品というよりもまず美術品の域で、デザインも自由自在なら糸も惜しみなく使い、値段は天井知らずであったと推察する。それだけに、きものよりも帯をたくさん蒐集するのが自慢、というひとも多く、帯のみを蔵《しま》ってある蔵を持つお金持ちもあったと聞いている。

その後、時代も移り、女たちは身心ともに自由になって、名古屋帯や付け帯を愛用するようになり、そしてかの、漬物石よりも重い一メートル幅の丸帯も、半分の並幅に仕立てなおされて使うようになった。

いま古物を扱う裂屋《きれや》をのぞくと、かつて女が我慢と意地で身を飾った丸帯も、小さく切り刻まれて袱紗《ふくさ》や敷物となって売られているものもあり、それらを見ると何やらなつかしい気がする。

ところで、女にとって帯のやりとりはきものよりも気軽いものとみえて、私の箪笥のなかにも、おびただしい数が集まっている。

このなかで写真②の右端、おしどりのある二本をまずご覧頂きたい。

これは、新潟のさる旧家の方から頂いたもので、我が家についたとき、二本は裏表の一本だった。

写真ではよく判らないが、全部精巧な刺繡であって、しかも全通、少しの色褪せもなく糸もつやつやと輝いている。ためしに体に当ててみると、これがどう工夫して結んでもおしどりは逆さの形になってしまう。何ともふしぎな帯で、まるで判じもののようにあれこれ考えているうち、どうやらもとはこのおしどり、二羽並んでいる昔の大幅の丸帯ではないかと思いついた。

持ち主はきっと大幅帯を扱いかね、裏を外して表を二つに折って仕立てたものにちがいないが、そのまま使うとなると模様の半分は逆さのうえに裏側になってしまうので、いかにももったいない。

贈り主からは何の能書きも聞いてはいないが、旧家の蔵の中のものであればおそらく、家の女性の嫁入り帯として結んで来られたものであろう。そう

⑪扇面、あざみと色替わりの夏帯。
四季の変化が明確な日本ならではの夏衣用の帯は、
旧暦の六月朔日より七月中に帷子に合わせるのが一般的。
八月朔日からは、五月五日からと同様に生絹《すずし》裏の練緯《ねりぬき》を着用と古書にある。

⑫織り帯。金糸が豪華なので、訪問着や付け下げ着用のパーティに重宝する。

⑬お洒落帯の名古屋帯。藤の花を手描きしてもらった帯は、四月～五月に締める。
滅《けし》紫に絞りとろうけつ染めを生かした辻ヶ花調の帯。
右は濃紺地に鶴を図案化して描いた帯。

⑭右、中＝金茶の菱模様織りと正倉院文様の帯。
どちらも礼装用に使用。
⑮左＝青海波に大小の金箔、扇面と色紙散らし
など華やかな帯二本。これも礼装用に用意したもの。
どんな色にも合わせやすい色使いの帯。

思うと私は見も知らぬこの帯の持ち主が何やら親しく思えてならず、その気持ちを継いで自分が愛用してみることにした。

一日、帯専門の方を招き、お見せすると、非常に驚かれ、この道いく十年、さまざまの帯に接したが、こんな上等な品にはお目にかかったことがないとの由、そして私が袋帯として結べるよう仕立てなおすのには京へ運ばねばならないということだった。しかも生地を傷めぬよう、宅配便などは避け、みずから手に提げて持って行くという。

その指示のとおり私は帯を託し、またわざわざ受け取りにも出向いてもらって、ようやく二本の袋帯となって出来上がったのが写真の品だったのである。

京都の帯屋さんの話では、この刺繡の技法は昭和初年のころかと推定され、下絵も名ある絵師のものなら、繡師《ぬいし》も一流、という、再びお目にかかれぬほどの逸品だそうであった。

二本の裏地には銀通しがつけられてあり、上のおしどりは改まった席へ、下のは少々くだけてもよし、という使い方になるが、いまだ私は一度も締めてはおらぬ。何やら遠い昔の、帯の持ち主がささやきかけてくるような気がして、これを結ぶときには虔《つつ》しみ深い気持ちにならねば、と自分を戒めているのだった。

③は、戦前戦後を通じて女性たちがあこがれつづけた龍村の帯。二本とも頂きもの。

⑤は、この二本あれば大ていの用には間に合うという金銀の袋帯で、沈金と銀通し。

④は、昔の丸帯には最もこういう絵柄が多かったが、お公卿《くげ》さまや上﨟《じょうろう》の顔がよくなければ値打ちも低いよしで、私のはどれもブス。三本とも礼装用の袋帯だが、真ん中の舞楽の柄のものは、一度締めて出たとき、ひとから、

「なんて地味な。百歳のおばあさんでも締めはしないわよ」

とずばりやられ、以後出番を失っている品。

⑦はさまざま。当てて下さい。このなかに刺繍は四本、綴《つづれ》は二本。名古屋あり袋ありだが、わりと気楽に結べるもの、こうみると私の場合ブルー系は敬遠しているらしい。

⑮桜帯。色の組み合わせと桜の模様がそれぞれに個性的な三本。
その季節にしか身につけられないので少々窮屈。

⑯右＝宇野千代さんデザインの帯。
木の枝が地紋の臙脂色、紫陽花が地紋のクリーム色、桜色それぞれを
くすませたおさえた色の三本の帯。どれも町着などに締めやすいもの。

⑰吉祥文様である扇面の帯三本。
文化文政の世の中泰平のころ、江戸城大奥でも打ち掛けや帯などに、
源氏物語絵や大内御所文様、宮殿絵や薬玉、絵扇、扇面散らし、
幔幕や御所車など、平安趣味のある絵柄が好まれたという。

⑥は手作りが何よりも好きな私の愛用の品々である。帯は半反で作れるので、いろいろアイディアを考えて手先の器用な友人に頼んだり、自分でも挑戦してみたり。こういう楽しみを知ると、呉服屋で出来合いのものを買ってくるのは何となく興が薄くなる。

六本のうち右上の菊はブロード木綿にろうけつで染めたもの。その下は若山牧水の歌を、三重県の女流書家がいきなり生地に書いて贈って下さった。真ん中上はフランス刺繍。その下の柿はアップリケ。

左上の梅は日本刺繍、その下のイチゴはこれも白帯に岩絵具で描いたもの。私たち娘時代は油絵具で描いた帯が流行《はや》り、母の古い黒繻子《じゅす》帯に私も鯉と、薔薇とを二本描いてもらったが、これも満州でなくしてしまった。

⑨は浴衣帯だが、浴衣がけでこの帯を締める日が再びあるだろうかと思うと、ほとんど絶望に近い。昔は半幅のこんな帯を根深《ねぶか》帯ともいい、裏地にきれいな色を合わせてちょいとひっかけ帯で、と少々粋にしどけなく装うたが、いまこんな小帯は羽織下でもなければ用はなくなってしまったのである。

⑧、⑪、ともに夏用の紗、羅、絽の帯。薄物の項でも書いたが、私は絽が

いちばん好きなので、それに合わせて透ける帯もあれこれ必要である。夏は絽でも、おなかの部分にあせもが出るので、帯はなるべく軽いのがよい。

九月

# 刺繍のきもの

*September*

①季節や、きものの色、柄に合わせて替える帯揚げは、箪笥に数多く蔵《しま》ってある。そのなかから美しく刺繍された材質の異なる品々を選択した。丁寧な仕事が際立つ錦繍である。

②左ページ＝鳩羽鼠《はとばねず》の落ちついた灰紫色の生地に、金糸で繍《ぬ》われた柳の柄がモダンな仕上がりのきもので、光の具合により、金糸の輝きが変化する。京繍・長艸敏明氏の作品。奥にある付け下げも長艸さんの見事な刺繍によるもの。

# 糸をあやなす

私の机のかたわらには、仕事に疲れたときの気分なおしに眺める、いく冊かの美しい写真集が積み上げられてある。山の本、花の本、景色の本など、束の間心を遊ばせることのできる遠く遥かな美の世界のなかで、私がいちばんひんぱんにページを繰るのが、大判の『興福院《こんぶいん》所蔵掛袱紗《かけふくさ》』という一冊である。

この本が出たのは、一九九二年。広告を見ると豪華な刺繡を施した興福院所蔵の袱紗三十一枚が収められてあり、定価三万八千円とあるのに一瞬たじろぎはしたものの、刺繡の逸品をいつも眺めていたいという私の願望が勝り、首尾よく手もとに取り寄せることができた。

これは、徳川綱吉将軍が愛妾瑞春院にものを贈るとき、その上にかけられたもので、実際はもっと数多くあったらしいが、うち三十一枚だけ興福院に下《くだ》しおかれたのだという。

いま帛紗《ふくさ》、というとその使途を知らない方も多いらしいが、昔はもののやりとりをするときその上にかけたり、あるいは大事な品の敷物にしたりするのがたしなみとされたものだった。

むき出しは失礼、というのが心得だから、被《おお》う布なら何でもよく、帛紗がないのでハンカチでも、という格式もあったりするのだけれど、それだけにどこの家でも二、三枚はもっており、それも、ただ布を二枚合わせに仕立てただけの品から、染め物、織物などさまざまな工夫が凝らされ、いわば家の女の美意識の見せどころみたいなものでもあった。なかでも刺繡を施したものは、それにかける手間と糸の量から他を圧倒し、よいものはまるで美術品そのものだったという。

日本刺繡の技術の最もすぐれていたのは元禄時代だったといわれており、興福院の袱紗はその時期の作だっただけに、写真の品はどれも精巧で、そして保存がよかったせいか色もほとんど褪せておらず、ためいきの出るほどに

③鶴と波の色留め袖、友禅に金糸の繡《ぬ》い取りがある。
漫画家サトウサンペイ氏のパーティで司会をしたとき、
当時の、いちばんいいきものでとのご所望に選んだ品。
象牙色の地に、宍色《しし》、浅葱鼠《あさぎねず》、素鼠、
そして栗梅の羽を広げて飛び立つ鶴が描かれた勇壮なきもの。

④女流文学賞受賞の際のきもの。
淡いピンク色の生地に可憐な刺繍が優しいイメージ。
現在は高知県立文学館の私のコーナーに展示。

美しいのである。

刺繡は、全女性のあこがれの的、といっても過言ではないと思うが、われわれ昔の女学校の正科には「手芸」という時間があり、その教材に日本刺繡があらわれたのは三年のときだった。いまの中三のこと。

まず基本を教わり、そのあといよいよ牡丹の下絵を描いた布を木枠に張り、刺繡糸に縒《よ》りをかけて一針一針刺してゆくのだが、私がこれに熱中したかといえば決してそうではない。

何しろ私の手先の不器用さは学校中の語りぐさともいえるほどで、日ごろから裁縫手芸のたぐいはいずれも甲乙丙丁の丙をもらっている。下手だとおもしろいわけもなく、今回も見るも無残な仕上がりとなって先生を嘆かせてしまった。

牡丹の図はそのあと、裏打ちをして四隅に房をつけ、帛紗として仕上げるよう教えられたが、そんなことを私はしたおぼえもなく、それなのに、結婚の際には荷のなかにこの牡丹の帛紗がちゃんと入っていたのは、どういうわけだったろう。しかも、私の下手くそな牡丹はきれいに修正され、裏は塩瀬を打ち、房は絹の打ち紐という立派な帛紗に生まれ変わっていたのである。

　平和な時代の物持ちの嫁入り支度というのはまことに豪勢なもので、定番の道具と衣裳の他に相手方一族と、使用人の端に至るまでそれぞれへのおみやげ、そして自分のものは一生分の下着と足袋とはきもの、そのうえの自慢は十二か月、月々の模様ちがいの風呂敷と帛紗を持参することだという。

　私など戦争末期の結婚組は、そんな話とはまったく無縁で、何しろ一年に足袋一足しか買えぬ衣料切符時代だったから、親があわれんで帛紗の一つでも再生して添えてくれたものであったろう。

　この帛紗が思わぬ面目を施したのは、嫁いでのち長女が生まれたとき。ときは昭和二十年、日本中食糧は底をついているなかで、昔気質の姑は家の総領が生まれたのに祝い餅も搗《つ》かないでは、と奮起し、材料集めに奔走した結果、しきたりどおり紅白のお配り餅ができたのだった。

　寿、の焼き判を押した大きな餅を重箱に入れ、それを親戚一統に配ったとき、どの家でも、この節の餅もさることながら、その上にかけた帛紗をどれほどほめてもらったことだったか。

⑤知人の制作によるフランス刺繡のきものは珍品。
紬の白生地から色染めし、刺繡した完全手作り。
フランス製の糸もおもしろく、愛蔵のもの。

⑥黒く染めた大島に真紅の
椿が刺繡されている、
オリジナリティある
個性的なきもの。
三十年以上前のものとは
思えない、しっかりした品である。
椿好きの私にとっては、
思い入れのあるきもの。

どこでも「まあ立派な嫁入り帛紗だこと」の言葉を聞けば、姑の鼻は少しばかり高くなり、「実はそれ、嫁の手作りで」と明かせば、讃辞はたちまち私に集中し、手芸は丙、の私もここから「手先の器用なお嫁さん」に変身してしまったのである。

刺繡は、細かく細かく一針一針刺してゆかねばならぬだけに、手練のわざと、おそろしいほどの手間と忍耐とを必要とされ、立派な作品はほとんど感動的でさえある。

それだけに女ならば誰でも、これを帛紗や袋などで眺めるだけでなく、帯やきものにして身にまといたいという願望を持つのは当然のこと。しかしながら、総刺繡のきものともなれば夢のようなぜいたくだし、それに扱いもそれなりに厄介ではある。クリーニングはドライでも危険であり、そうでなくても手荒にすれば刺した糸がすぐにけば立つ。

そのうえ虫もつきやすく、興福院の袱紗も桐簞笥に蔵《しま》ってあったにもかかわらずいちめんカツオブシ虫がつき、正倉院に運んで真空消毒してもらったよし、記されてある。

女の一つ紋には大てい刺繡の縫い紋が施されてあるが、これとて蔵うときにはその部分に和紙をかぶせ、しつけ糸で押さえておくのはご承知のとおり。

さて、人一倍刺繡にあこがれる私が、さまざまの無理をおして集めたのが写真の品だが、まず私めが着ている写真②は最も新しいもの。この撮影のために京都の長艸敏明さんが作って下さった柳の総刺繡。糸の部分だけ重いのではないかと思ったのだが、金糸一色というシンプルなデザインがモダンで、比較的気軽に着られるお気に入りのもの。とはいっても、立ち居に気をつけないとつい模様の糸を何かにひっかけはしないかという心配がある。

③は色留め袖のものだが、鶴や波のアウトラインに金糸の飾りがあるので襲《かさね》仕立てにはしなかった。

もう七、八年前になるか、漫画家のサトウサンペイさんが新聞連載を終えられた際の記念パーティのとき、とくに私をお名指しされ、当日はいちばんいいきものを着て、司会をして下さい、という懇請あり、このときの私の心境をいえばただただ困惑の真っ暗闇、しかしま、義を見てせざるは勇なき也、と自らを励まし、この鶴のきものを着て司会役を相務めさせて頂いたのだっ

⑦鶯色の生地に山藤が咲き散る柄の付け下げ。
組み合わされた染めと刺繡の間隔のとりかたがいい。
藤の季節に印象的なきものだが、
私の日ごろの好みからいえば少し違う。
それだけに、緊張して着る。

⑧葡萄鼠《えびねず》とよばれる紫地に、
夏椿。茶席にも重宝する
柄ゆきである。
紋付きなので仮礼装となる。

⑨大正ロマン漂うきものは、
鳶色、胡桃《くるみ》色、
福寿茶の三色の横縞に
草花が配されている。
帯選びにいつも頭を
悩ませる品。

た。

結果はさんざん。初体験の私がうまくできるわけもなく、以来、私はこのきものを見ると恥ずかしくて顔が赧《あか》くなるので、二度とは着ておらぬ。女のきものというのは、思い出がしっかりと染《し》みついていて容易に消えないという、典型的な一枚である。

④は昭和五十二年だったか、女流文学賞の授賞式のために作ったもの。作家になりたてだったので、この際念願の総刺繍のきものを作ってみようと思い立ち、友人に頼んでまず白生地をピンクに染めてもらい、下絵も描いてもらった。

模様がたくさんあると刺繍代も高くなるので、四君子の程度でおさえたのだが、これを見ると当時の私の経済状態がしのばれておもしろい。このきものはその後着ることもなく、昨年、故郷高知に県立文学館が開設されたのを機に、原稿や愛用の湯呑みとともに私のコーナーに寄贈した。今回撮影のために送ってもらったのだが、日ごろは館長さんも保管に頭を悩ましておいでではないだろうか。

ふつうきものの刺繡はまず日本刺繡ばかりだが、⑤は私の持ち物のなかでは唯一フランス刺繡である。

知り合いの奥さんの作だけれど、この方の手先の器用さには舌を巻くばかり。何をしても仕上がりはピシッと決まり、このお方の指先に神さまが宿っておいでなのでは、と思うほど。

もちろん刺繡の腕前も抜群なので、私がたってお願いすると快く引き受けて下さり、まず紬《つむぎ》の白生地を買ってきてご自分で染め、その上に四季を盛り込んだ遠山を刺して下さった。フランス刺繡の糸は、日本刺繡に比べて太く、それだけ重くなるのは避けられないが、糸の色の取り合わせも含めて見事な出来栄え。

フランス刺繡のきものなど、誰も着ていないだろう、と見せびらかしたくなるが、着て出かけるとどうしても汚れるのでそれが惜しく、一度手を通しただけで、専ら眺めて楽しんでいる。
⑥は三十年以上も前のもので、たしか大島の古いのを真っ黒に染め、友人にたのんで椿を刺してもらった再生品。とても着心地よく、椿の好きな私は

⑩浅葱鼠《あさぎねず》のきものの山帰来と小菊の柄が晩秋を想わせる。
帯で印象が大きく変わる衣裳である。

⑪白橡《つるばみ》色の地に秋草が優美に描かれ、
ところどころに刺繡が施されている。
『蔵』で日本酒大賞受賞のときに着用。
紋が付いているので礼装用にも。
白地のきものは、たびたび手を通すと汚れやしないかと心配。

たびたび着たいのだけれど、悲しいことにいまは肥りに肥り、前が合わぬ。スリム時代の自分を嫌でも思い出させられるので、私にとっては悲しいきものというべきか。

総刺繡のきものは何といっても超高級品であり、昔のお姫さまの小袖など、実に丹念に美しく刺されたものがいまに残っているのを見ても判る。

手すさびに刺繡をなさるお殿さまや奥方さまもあり、これを単に、お暇つぶしの趣味のひとつといってしまえばそれまでだが、せめて自分の手で美しいものを生み出してみようとする思いとともに、家計を助ける狙いもなきにしもあらずだったのではないか、と手作り刺繡のきものを持つ私など、自分に引き比べて推察するのである。

いまは、女のこの夢をわりとたやすく叶える手段というか、比較的廉価で中国刺繡のものが出まわっており、伝統派女性は「一目見て判るから嫌」というが、私はこれはこれでよく、帯などいく本か持っている。

一八八〜一九三ページの五枚は、一部分を刺したもの、そうでないもの取りまぜて花ばかりの付け下げ。この年になって少女のようにいまだに花を追いかけるのはまったくもって恥ずかしいが、出かけるとなるとやっぱり花を着たくなってしまう。

①は刺繡のある帯揚げ。たったこれだけの部分では、締めたとき大ていは隠れてしまうのだけれど、それでもやっぱり刺繡のものを身につけるのは女の永遠のあこがれ。

# 西陣「長艸刺繡」のこと

長艸敏明氏作の宝づくしの刺繡のきものを着用して。左ページはそのアップ。たんねんな仕事ぶりがうかがえる。

# 西陣「長艸刺繡」のこと

刺繡の長艸《ながくさ》さんのことは、以前から聞いていたが、ようやくお訪ねできたのは一九九五年三月だった。

かねて図録などでその作品には接していたが、いかにも京都ふうの工房に案内され、かずかずの作品を見せて頂いたとき、まずピシッと手の決まっていることに驚嘆した。

刺繡は、ただ繡《ぬ》い、刺すばかりでなく、下絵、糸の撚《よ》り、色の取り合わせなどすべての調和がなくてはならないが、しかし何といってもまず糸が布地に吸いつくようにきっちり決まっていなくては価値がない。長艸さんの作品はあらゆる部分において文句のつけようがないのである。

察するにご夫婦二人三脚の成果と、刺繍に付随するこまごましたあらゆる分担仕事は、

「全部この町内でまにあいます」

と夫人がいうとおり、この町は手仕事のベテランが集まっていて、それでお互い支え合う京都独特の醇風美俗のせいもあるらしい。

だからこそ手仕事は何といっても京都、これは長年にわたる私の、決して裏切られたことのない信条である。

**長艸刺繍工房**
京都市上京区浄福寺通今出川下ル竪亀屋町二六七
☎075(451)3391

十月

*October*

# 絣のきもの

①宇野千代さんが私との
対談のために下さったもの。
先生は「犬ころのきもの」
と命名されていた。
織りではなく、
絣柄の染めのもの。

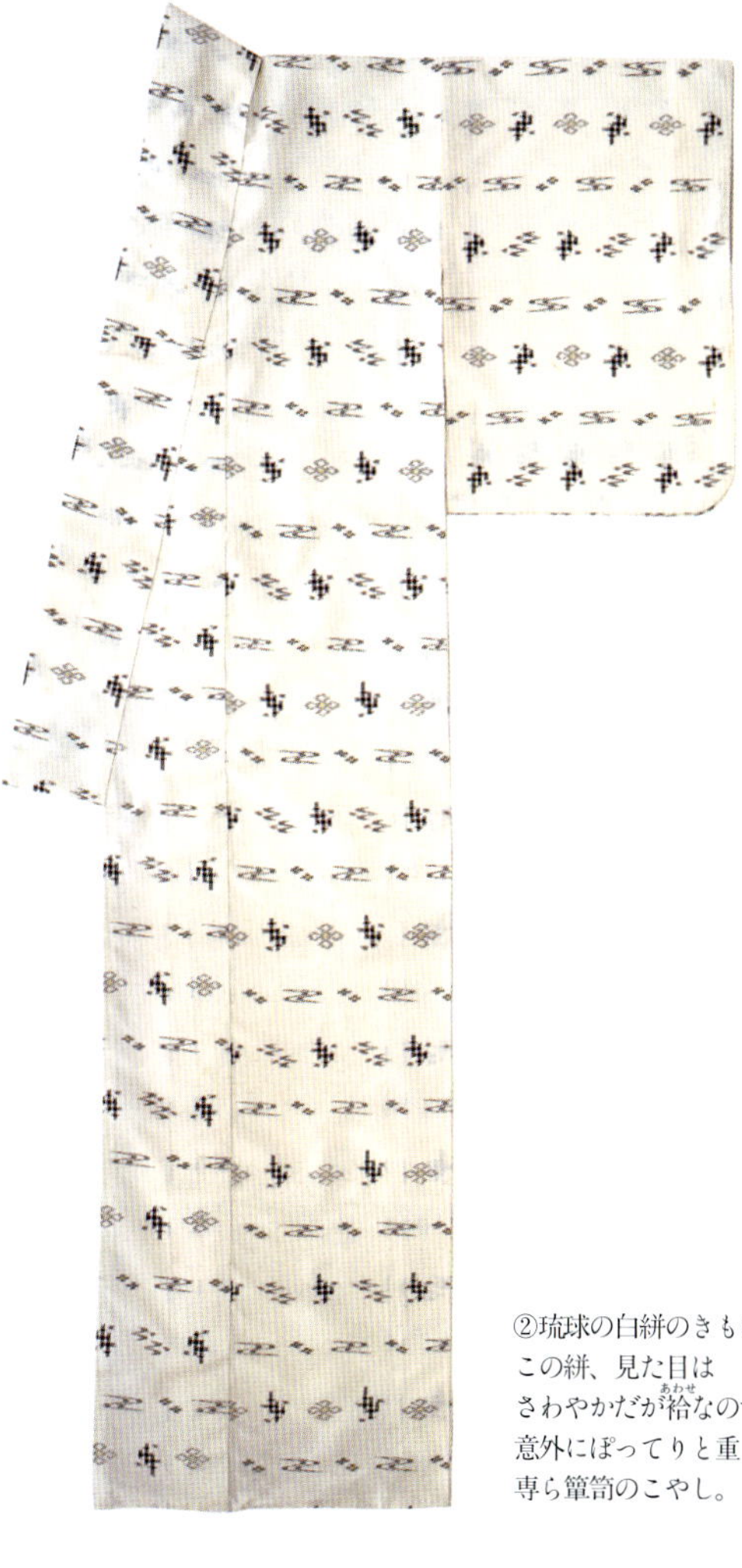

②琉球の白絣のきもの。
この絣、見た目は
さわやかだが袷《あわせ》なので
意外にぽってりと重く、
専ら簞笥のこやし。

# もんぺファッション

木綿絣、と聞いて、そこはかとない郷愁を感じる女性は、いま日本中にどれだけいるのだろうか。

おそらく私なみの七十歳前後の方がその下限だと思われるので、もう十年も経てば木綿絣って何？　と首をかしげるひとばかりになってしまうかもしれない。

もっとも、ほんものの織り絣でなくとも、絣柄を絹物に捺染したものはまだいくらか命脈を保っているものの、これもよそゆきにはできないので、早晩消え去る運命かと思う。

私どもの育った時代、木綿絣は全盛だった。

地色は藍、黒、白などきっぱりした色に限られ、それに単純な、ただの点々模様から見事な絵絣まで、実に縦横無尽にさまざま織り出されており、これらは産地によって久留米絣、伊予絣、作州、弓ヶ浜などと呼んだものである。

絣というものは、着ているひとをじつに凜々しく、また甲斐甲斐しく見せるもので、日ごろだらしなくて「おひきずり」などといわれているひとでも、見違えるような働き者に見えるからふしぎなもの。

とくに、若い男の久留米絣に木綿袴、さっそうと歩く姿ときたらほれぼれするほど男らしかった。

もちろん私も絣大好き人間だったが、何故か花街のひとたちはあまり絣を着ず、真岡《もおか》木綿やガス縞ばかりだったのはこれまで書いたとおりである。思うに、絣は見るからに働き者でござい、という感じで、その武骨さが万事優美を目ざすこの世界のひとからは避けられたのではあるまいか。

ところで、私の家には冬になると寒い満州からあたたかい土佐へと、毎年避寒に来るお客さんがいくたりかあった。みな、妓楼の経営者たちで、そのころ通貨の価値も違って、向こうでは稼ぎやすかったのかお金持ちで、鏡川

③常世国《とこよのくに》からやってくるとされた霊鳥の雁、
月に雁の秋の景物の柄の弓ヶ浜絣である。
糸がしっかりと太い。
この絣は久留米絣が山陰へ伝わったもの、
最近は希少価値が出ているが、
すでにきものではなく
敷物や掛け物などではないだろうか。

のほとりにそれぞれ小さな素人家を持っていた。

その家のガラス拭きをすれば一円あげる、と誘われ、いまでいう割のよいアルバイトだったから日曜日ごとに通ったが、その内実はガラス拭きなどしなくてよく、暇をもてあましているオジサンとともに呉服屋まわりを付き合う役だった。

抱え芸妓がたくさんいれば衣裳も買い込みたく、そのうちオジサンが惚れ込んだのが絵絣だった。ふくら雀やえび、とんぼ、燕の動物などからだるま、太鼓など、じつに千差万別の模様を壮大に織り出してあり、オジサンはそれを片っ端から私に買い込んでくれるのである。

木綿ものはぐっと廉価だったし、満州まで買って帰ってもしょせん芸妓さんたちには着せられないから、私はありがたく頂いたが、これには父母ともに困惑していたらしく、そんな様子も思い出すのである。

結局、頂いた絵絣はうちの女子衆《おなごし》さんたちに分け、自分のものとして三、四反ほど袖の長い単衣仕立てにして着たのだった。

この絣を私がどれだけ愛用したか、ほとんど記憶はないが、重宝しはじめたのは太平洋戦争がはじまってからのこととなる。老若を問わず女はもんぺ一辺倒となり、もちろん学校の制服も上衣のみ制定されて下はあり合わせのもんぺでよろしいという次第だった。

女のおしゃれはいまも昔もおなじ、これほど限定されたスタイルのなかでもなるべく好きに装いたいのは当然で、そのころ、最高にカッコよいとされたのは真っ白の木綿ブラウスに久留米の紺絣のもんぺという姿だったのである。

絣は模様の小さいものほどよく、蚊絣とも男絣とも呼ぶ厚手木綿をシャキッとしたもんぺに仕立てたスタイルに、私もどれほどあこがれたことだったか。

しかしながらいかんせん、買い求めようにも純綿のものはとうに店頭から消えており、私の家には久留米絣を着ていた男など居るはずもないとなれば、いたし方なく自分の絣をほどいて仕立てるより他なかったのだった。

で、私は大きなとんぼ模様のもんぺを毎日学校へ着て行ったが、これはかなり目立ったとみえて、あちこちから「とんぼのもんぺの女の子」といわれ

④そろばん玉の絣のきもの。
絣は経緯《たてよこ》の糸の
交わりによって作られる織物。
これは、模様からして
純然たる働き者。
エプロン前かけとともに
身につければ似合う。

⑤江戸末期に新潟県塩沢に住んでいた
鈴木牧之《ぼくし》の『北越雪譜』に書かれている
雪晒《ゆきざらし》で知られる塩沢紬。
郷愁のあるきものだけれど、
改まった場所へは着て行けぬのが残念。

⑥江戸時代以来の流行柄の
矢絣のきもの。
矢《や》筈《はず》絣ともいわれ、
昔の御殿女中などの
制服によく見られるし、
明治大正では女学生の
愛用品だった。私は大好き。

ていたらしい。このころ、私は反抗期の絶頂で親に無断で学校をやめ、無断で代用教員を志して山間部の小学校へ赴任して行ったが、その手続きの前後も、ずっとこのもんぺだった。係の事務の方たちも、私の名よりとんぼのもんぺ、とおぼえていて、愛称のようにそう呼んでいたことをおぼえている。

それでも誰も「そんな派手な模様のものを着てはいけない」などといわなかったのは、衣料がよくよく行き詰《つ》んでいたからだったろう。のちにも、鶴亀やお城や打ち出の小槌などの、明らかに蒲団だったと判る大きな柄の弓ヶ浜絣をもんぺにしている人も見かけたから、ま、とんぼくらいはものの数ではなかったかもしれない。

しかしそれにしても、こんな複雑な絵柄をよくも縦横合わせて織れるものよ、というのが、その後、木綿機《ばた》を織るようになった私の感想だが、これは戦後、満州から裸のはだしで引き揚げて来てからのこと。

昭和二十一年九月、体に汚れた麻袋を巻きつけて帰って来た私は、その後、一年半ぶりの風呂から上がっても着替えるべき寝巻きの一枚もなかった。

姑はこんな私のために蔵に入り、隅で埃をかぶっていた機《はた》一台、取り出してきた。どうやらこれは、私どもには曾祖母にあたるひとの嫁入り道具であったらしいが、姑もいま初めて見るものだという。

機はあちこち故障しており、それを腰紐などつなぎ合わせて引っ張ったり、杭をくっつけたりして何とか修復できたのはよいが、さて次は糸と機織りの技術をどうするか。

このころ、農村でも機を織るひとは見かけなくなっており、姑は、昔、その経験があるという年寄りの家に通って習い、そして糸は、綛《かせ》売りが行商にやって来るのを待って、米麦と交換して綿糸を手に入れた。

素人の仕事なら番手の大きい太い糸を買い、これを手染めするのだが、このとき絣模様を望むなら糸のところどころを縛っておく。さて織るとき、白く染め残した部分の経糸《たていと》と緯糸《よこいと》がぴったり合えば、見事絣模様が出来上がるのだが、最初のころは計算違いでうまく合わなかった。

が、絣が合おうが合うまいが、何せ布を織り上げれば何よりありがたく、私もせっせと手伝って毎日、とんからり、とんからり、と杼《ひ》の音を響かせた思い出はとてもなつかしい。

⑦肌にしっとりと馴染む
久米島紬の絣。
徳川時代末期から知られており、
琉球紬ともいわれている。
天然染料により民芸的な
あたたかい味わいがある。
いまでは貴重品となり、
手織りはとても高価だという。

⑧細かな萩の葉の小紋のきもの。
熟した柿の色である照り柿色と
鬱金《うこん》色との作り出す色は、
光線と動きで微妙に変化する。
これは関西の方に頂いたもの。
同じ小紋でも、
江戸の品とは全然趣が違う。

⑨袖裏に水色、
裾裏に瑠璃紺を配した粋な小紋。
白地の染めちりめんを
さわやかに着たいと思い、
ふと出来心で買ってしまった品。

姑は着物の好きなひとで、一人娘を嫁がせるときには懸命で蚕を飼い、せっせと支度をしてあげたらしい。

蚕から生まれる絹糸を織るのはたやすいことでなく、畠仕事で手の荒れているひとはまず不可能で、専門の織り姫さんでも指先が糸をひっかけないよう、夜は手袋をはめて寝るという。姑は蚕から取り上げた糸を、まず地絹という白絹に織ってもらい、それを京染め店にたのんで好きな柄に染めさせ、一枚ずつ一枚ずつ、娘に作ってあげたそうな。

おかげで私は、夫の姉にあたるそのひとから引き揚げ後きものもたくさん頂き、ほどなくあの無残な姿から脱出することができた。ものの払底《ふってい》の時代、姑のこの裁量がなかったら、私はその後も簡単な洋服くらいでずっと過ごしていたのかもしれなかった。

ところで、もんぺのファッションについてつけ加えておくと、白のブラウス久留米絣のもんぺにあこがれたのは、あれは私たち若いひとの感覚の話。

そのころ、ぞろりとしたきものを着て外を歩くと、必ず憲兵に注意を受けたもので、ゆえに衣裳持ちの奥さま方はいかにしてもんぺを美しく着るか、工夫を凝らされたらしい。

結果、もんぺのきりりとした持ち味を消し、ちりめんや光りものの綸子《りんず》は別とし、絹のよそゆき着をエレガントに着るのが流行しはじめ、結婚前、私は実家の母にすすめられ、こうしたもんぺを一枚作ったことがある。

自分の持ち物のなかから選んだのは、亀甲の結び模様のある紫色の御召で、このきものをほどき、上衣は少し袖丈を長めに、下のもんぺは足のまわりをだぶだぶに、一見長いきものを着ているように仕立てるのである。いわばパンタロンスタイルか。

出来上がって着てみたものの、これで外出すればきっとまた憲兵ものだと思うと心臆し、そのまま満州へ持って行った。首都新京には、もと我が家の女子衆さんだった鶴ちゃんが料亭東亜楼に住み込んでおり、このもんぺを着て訪ねて行ったところ、女将さんがこれを見て狂喜し、

「そのスタイル、きっとこちらで流行らせるから」

と私に誓ったが、終戦になったのはそれからわずか一か月後。日本人はもんぺのファッションどころか、全員敗戦国の難民となってしまったのである。

⑩黄朽ち葉色の地に水と花が浮かぶ紅型《びんがた》染めのきもの。
友達に紅型専門の方がいて、
何枚か染めて頂いたうちの一枚。
十年前までは好きでよく着たが、
いまではさすがに派手で気がひける。

⑪椿が好き、
ブルーが好きの私に
ぴったりだと思って
友人から譲ってもらったもの。

⑫こちらは地がつや消しの
ちりめんだから、
たびたび手を通している。
黄色の帯を締めてちょいと
お買い物、というふうに。

写真③は、ただいま一枚きり残っているたぶん弓ヶ浜。模様は月に雁。糸が太いのでしたたかに重い。三條さんはそれを慮《おもんぱか》って、裏は裾と袖口だけ、背抜きに仕立ててくれたが、何年かまえ、働き者の私を見せようとこれを着て某社の撮影に応じたところ、やはり重く固いものはいけなかった。翌日は肩凝り頭痛で寝込んでしまった。大好きな絣だけれども、今や厄介ものの無用の長物。

①は宇野千代さんから帯と合わせての頂きもの。絣に見えるが染め物。宇野さんはこの白い部分が子犬に似ているので「犬ころのきもの」と呼んだという。

②は琉球の白絣。ただし琉球絣とはいっても、琉球製ではないらしい。家に古くからあるのでどなたかに頂いたものと思う。

④はそろばん玉の絣。これを着て浅葱のたすきをかけ、庭の水撒きでもしている姿は、これぞ水もしたたる何とやらではないだろうか。そんなイメージを勝手に描いてバーゲンのとき買い込んだが、これも重くて邪魔もの。

⑦は久米島紬。真冬のもの。とてもあたたかでやさしい。母におんぶされ

ているような気分になる。⑤は塩沢紬。軽くて着やすいが、しょせん絣なので出番が少ない。
⑥は御召の矢絣。昔の御殿女中や女学生の制服によくあるが、いさぎよい柄なので大好き。この着物に竺仙のちりめん帯二本をつけて、パッと私に下さった、気前のよいあの方、いまもお元気かしら。とても大切にしていることをこの文章でお伝えしたい。

# 十一月 色無地

*November*

①私には珍しい
狐色の紬のきもの。
桑染め地に金糸刺繍の萩と
鹿の帯に合わせて
購入したもの。
刺繍の帯と色無地の
きものの組み合わせは
用途が広い。

②左ページ＝鈴木滝夫画の
紅葉の襖絵の前で。
ごく淡い裏柳の
色無地の付け下げに、
同系の色も入る帯と
柳染めの帯締め。

# 染め、ひと色

これまで書いてきた文章を読み返してみると、いずれも古くて乏しい時代の話ばかり、いま着物を着る方、求める方の感覚とは大きくずれているのではないかと思われるが、私など、経てきた歴史にはやはりたとえ難い郷愁がある。

とくに終戦前後の衣料不足の時期は、みなさまざまに工夫して身繕いをしたもので、このころ針箱に手を触れなかったひと、あるいは再生を試みなかったひとは皆無といっていいのではなかったか。

つまり長着をもんぺに仕立てなおし、古びたきものに絞りや刺繡を加えてよみがえらせること、その他さまざま、布地をいじりまわした経験はどなたにもあるはずで、元来不器用な私でもこのころいちばん挑戦したのは染め物だったといえようか。

いま染め物を志す方はたくさんあり、大ていが自然な草木染めだが、こんな話を見聞きするたび、何故それをもっと早く知らなかったのかとちょっとばかりくやしい。私などは専ら瓶入りの粉末みやこ染めを使い、染め方は女学校時代、基本を習っていれば、古い布地を染めなおし染めなおししては着るのである。

素人が染めていちばんむらなく出来るのはメリンスなどの毛物、そして絹で、木綿はなかなかにむずかしい。

器用なひとは模様を切り抜いた渋紙を買ってきて、一色に染めたメリンスなどの布にそれを当て、練った材料をへらでこすって塗りつける。その上に新聞紙などを当ててたたみ、蒸籠《せいろう》に入れて蒸し上げると出来上がり、模様はしっかりと染まり、少々洗っても決して落ちはせぬ。

これがいわゆる型染めの初歩だが、昔はこのあたりまでは家庭でやるひとも多く、私も近所の方に、えんじの地に桜模様を染めてもらい、姑のメリンスを子供の綿入れに再生したこともある。

③宇野千代さんの見立てによる
三つ紋のきもの。
檜皮《ひわだ》色の落ちついた鬼縮《おにしぼ》ちりめん。
室町時代の文献に残されている
色無地のきもの、
現代的感覚もある、
古くて新しいきものといえる。

④明治以後、流行色となった
紫紺の少々濃紫《こき》がかった
重色のきもの。
三つ紋であるが遊び心いっぱい。
ふざけて裾回しに桜をつけた
がケバケバしくて失敗。
恥ずかしくて着られないきもの。

私などは専らひと色しか染められず、家の蔵に眠っている古い布を取り出してきて、ホウロウの洗面器に染料を溶き、無地染めをしたものだった。何しろ素人のやることだから大いに染めむらも出来、そうなるとさらにもう一度濃い色に染めたりしているうち生地が弱り、一反分ボロボロにしてしまったこともある。

しかし手作りとは愛着のあるもので、少しばかりむらがあろうと何のその、早速にきものに仕立て、晴れがましく着て歩いたものだが、もののないころとて、それをことさらに笑うひともいなかったのではなかろうか。

無地のきものにはこんな経緯があるゆえに、私はのちにきものが何とか買えるようになっても、色無地についてはある種の思いがあって、なかなか手出しができなかった。

これを、もの不足時代を生きてきた人間に共通する貧乏性というのか、要するに無地染めはボロ隠しの手段のひとつであったのに、白生地をいきなり濃い色に染めるのはすごいぜいたくというか、大胆不敵というか、そんな気がしてならなかったのである。

それに、戦前は呉服屋と染物屋ははっきりと分かれており、きもの調達の場合は目的別に店を選んで注文したものだった。

きものの用の多かった私の家などでは、付き合いは専ら呉服屋のほうで、昔、その店が軒を並べていた土佐の京町種崎町のなかでかめやさんはほとんど親戚付き合いのようだったとおぼえている。

係を庄さんといい、このひとは父とは無二の将棋友達で、毎日のように自転車で、

「ちわぁ」

とやって来る。

目的は父と一戦を交えるためであり、とすると呉服箱を自転車につけたまま放置するのは危険だから、まずこれを座敷に下ろし、しかるのち盤上に相対するのである。

初めは双方とも至極おとなしく、

「角々しかじか申し上ぐ」

とか、

⑥剣酢漿草《けんかたばみ》の伊達紋が
繡《ぬ》い取られた
草柳色の無地のきものに、
白地にあけびが染められた
帯を合わせる。

⑤右ページ＝大輪の菊花が
地紋となっている
淡い裏柳の色無地の紋綸子《りんず》のきもの。
32ページで私が
茶席びらきなどに着用した品。
これは色を選び、白生地から
染めてもらったもの。

「桂馬の高飛び、歩の餌食」

などやりとりしながらパチパチやっているが、そのうち白熱化してくると、どちらかが、

「こりゃ待て。ちょっと待て」

と差しなおそうとすればたちまち修羅場となり、いまにも摑み合わんばかりに互いをののしり合った末は、

「もう来ん。お前とは一生指さん」

「おお来るな。来たら塩撒いて追い返す」

と大喧嘩で別れるのである。

が、家の女たちは庄さんが逆上したあいだが目のつけどころ、呉服箱の中から次々と反物を取り出してひろげ、買いもしないのにあれこれと品定めするのがいかにも楽しみなものだった。

昔は大ていこのように外交員が得意先をまわり、客に選ばせたものだが、それでも呉服箱一杯分では数も限られており、もっとたくさん見たい客は店を訪れて決めるのだという。

私なども、毎年ではないが、暮れになって正月の晴れ着を調達してもらうとき、父から、今日は学校の帰り、かめやへ寄ってくるように、といわれ、鞄をふりまわしながら店へ入って行くと、庄さんが待ち受けている。小さいころは、親の選んだものを黙って着ていたものが、自我が芽生えてくるとそれに文句をいいだし、なら自分で見立てさせたら、とすすめてくれたのは母だったか。

庄さんは私を二階へ案内し、座敷に上げて茶も出してくれ、好きなものをどうぞ、と自由に選ばせてくれたが、これ、と決めておけばそれがきれいに仕立て上がって正月まえには届けられたものだった。

一度だけ、これは伊勢崎銘仙だったと思うが、ブルーの地に雨傘の模様が気に入り、これにします、といったとき、庄さんは妙な顔をしていたものの、何もいわなかった。翌日、父から、

「傘の柄《がら》はふだん着じゃ。改まったところへは着て行けぬ。別のものを見立てなさい」

といわれ、庄さん告げ口したな、と悟り、商人の客の扱い方を垣間見た感

⑦紬のきものに秋草の柄の
帯を合わせる。
茶席用によいが、
最近はお茶の稽古はお休み。

⑧縹《はなだ》色の紬のきものは、
少々節《ふし》あり。
それがいい味わいとなっている。
気軽に着用。

じだった。

こんなふうに、呉服屋というのは、大体市場に流通しているものを扱い、この店で染め物を特注することはまずなく、染め物を誂《あつら》えようと思えば「染物屋」の看板を訪れなければならなかったのである。

土佐などでは、染め物はみな受注品を「京へ送る」という「京染め」で、この店へ行けば、柄物の見本や色無地のための色見本、そして白生地がたくさんあった。

昔のひとはつつましく、白生地を染めるときにはまず薄色を選び、さんざん着て灼けたり褪せたりしたころ、その上に少し濃い色をかけ、最後に黒や紺の濃い色に染めて終わりまで愛用するのである。

私も戦後、この染物屋さんにどれだけお世話になったことだったか。再生品の無地は何とか自分で染められるゆえに、店に頼むのは専ら型染めのものだが、戦後は染料も悪く、見本のものとはがらり変わった品になって届けられたこともあり、憤然として文句をいった経験もいく度かある。

いまは呉服屋でも白生地も扱うし、色見本もあり、また無地に染め上げた反物も各色揃えてあるが、なお京染めの看板もふと見かけることもあるので、商いはやっぱり続いているかもしれぬ。

考えてみれば、きもののなかでも色無地ほど利用価値の高いものはなく、まず慶弔に、それから茶席の定番、他にお出かけ着、ちょっと改まった席、とあらゆる場に便利で、色無地一枚に帯三本もあればすべての用が足りるのである。

いうならばありがたいきものだが、一面、着る楽しみとおもしろみ、それに一抹の華やかさに欠けるのも事実だろう。

ただし、色の取り合わせで知的な雰囲気は醸し出されるゆえに、好きになったらとことん色無地、模様ものは騒がしい、と無地一辺倒のひともある。

写真説明をさせて頂くと、私は最初、⑤の、裾に菊の地紋のある無地を着て写して頂いたのだが、地紋がよく出ず、これは部分撮りにして、自分は②の縞を着たのだった。

このきものは無地として着られるもので、紋もつけてあり、裾から上にかけて節《ふし》が散らされてあるので付け下げとして使えるもの。

⑨これは洋風のドロンワークの
模様があり、六月ごろのきもの。
帯も佐賀錦紛《まが》いの軽いもの。
最近はこの一揃いを多用している。

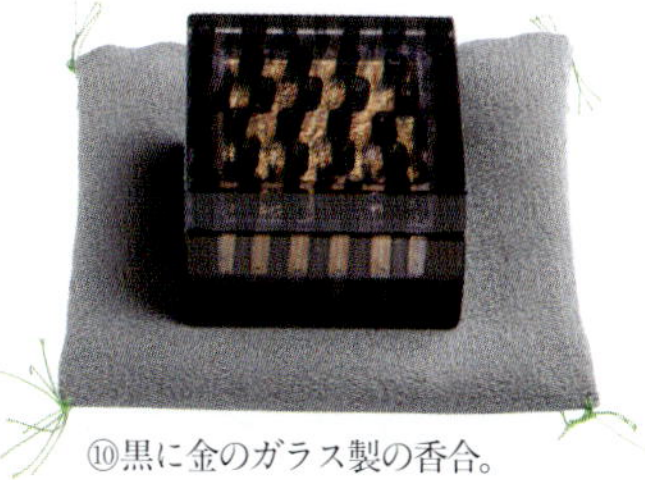

⑩黒に金のガラス製の香合。
厚手のしっかりした品で
私の手作りの帛紗の上に。

⑪うるしの香合。
黒に朱の色が美しく、
秋から冬の香合となる。

⑫堆朱のほおずき形香合。
本物と見紛《まご》うばかりの作品。

⑬桔梗の花が描かれた桐香合。
軽《かろ》やかな香りが漂う心地がする。

⑭江戸時代の織部の香合。
春慶の敷板と彩りよく
小宇宙を作り出す。

菊の地紋は白生地を三條さんで染めてもらったのだが、偶然この縞の付け下げと同じ色目になってしまった。色の黒い私には似合わない色ではないかと心臆し、二枚ともいつもおどおどしながら着るきもの。

基本的に茶色は私の忌みもので、好きじゃないし、似合わないし、ずっと避けて通っていたものが、ふとした出来ごころで①のようなものを作ってしまった。金糸の刺繡のある珍しい帯を頂いて、それに合わせるため、この色を選んだと記憶しているが、いざ着てみるとすこぶる着心地が悪い。新しい紬《つむぎ》はごわごわとして重く、私には鬼門である。

③は宇野千代さんに見立てて頂いた三つ紋のちりめん。セットになっていたつづれの帯はひとさまにあげてしまった。

④はふざけて作った舞台衣裳のような品。紫紺が大好きな私は、キリキリと身が締まるほど濃い紫を着てみたいと思い、三條さんで色見本を見て注文し、裏地の小桜まで指定した。これをいつ、どこで着るか考えた末、自分が十人ほどをお招きしたお礼の会があり、意気揚々とそれを着て出かけたところ、出席者のみなさまの、目をパチクリなさった表情は忘れられない。ここ

は芝居小屋か、と思われたろうし、頭に髷《まげ》のかつらをかぶるのを忘れてきはしなかったか、と案じられたろうし、そしてとうとう、あわれ宮尾も気が狂ったか、と嘆かれたと思うのである。

以来深くつつしみ、このように鬼面人を驚かすものは二度と取り出さないつもり。

⑦、⑧、⑨はお茶席などのときのものだが、いずれも私には似合わないと思う。大体、私のようにけたたましい人間は落ちついた色はそぐわず、とってつけたような感じになってしまう。

二三七ページは、香合五個。

私はちっちゃな細工物が好きなので、香合は珍しいものがあればすぐ手に入れる。

上から順にガラス、桐、うるし、江戸時代の織部、いちばん下は堆朱《ついしゅ》。大切なものなので布の敷物は全部自分で縫う。ただし下手くそで歪んだり曲がったり。

# 十二月 絞り

December

①秋の日の紅葉を、おさえた地色に飛ばしたきもの。
『序の舞』のテレビ制作の際、主役の大原麗子さんと対談のときに着た品。
いまでも気持ちが華やいだときは勇気をふるって着て出かける。
②左ページ＝紅鳶色の総絞りの装いで。奥は石踊達哉画『アンフィニ』。

# 総絞りのおちゃんちゃん

自分の手で自分の本を作るほど楽しみなものはないが、私、手持ちの手作り本のなかで、自ら手を下したのは六月の章でお話しした『櫂』の私家版一冊きり、他はみな、ひとさまが作って下さったものである。

そのうち、豆本には自分のきものを提供することを思いつき、版元にお願いして何冊かは表紙に貼って頂いた。写真⑩は、小柄の型紙を組み合わせて染めた江戸小紋。一度も着たことのないまま、きものをほどいて使ってもらったもの。⑮は、表紙を象牙にするはずだったが、動物愛護のみなさんからお叱りを受けるかも、と取りやめて陶板にしたもの。⑩の窓の梅も紅梅白梅作り分けて陶器にしてある。

⑫は竺仙さんの江戸小紋。これも手を通さずすぐほどいて表紙に直行。⑪

は珍しいガラス細工。透きとおっている。⑭、⑯は模様が大きいので豆本には向かないと判っているものの、やっぱり私は関西文化の育ちで、篁笥には江戸小紋が少ないのである。

仕方なしにこれも使って、これも使ってと大柄のものを出してきて貼り、背表紙をキッドの皮で広く掩《おお》ってもらった。⑯の黒塗りの箱は、全部で七冊の豆本を納めるために奮発し、京都の吉象堂さんに作って頂いたもの。紫の組み紐と我が家の定紋を金で入れてある。

ところで、いままでお見せしてきた私のきもの、これら全部を私の人生の残り時間ですべて着てしまえるとはとうてい思われず、ならきものたちの末路は、と考えると、自著の表紙に貼ってもらうのがきもの自体もいちばんしあわせではないか、と思うがこれがなかなかにむずかしい。

装幀は内容と合っていなければならず、私のきものといえば何の方針も原則もなく、まるで吹きだまりのように手もとに集まってきた代物ばかりだから、使えるものが少ないというのが現状といえようか。

そしてきもののなかでも、表紙に貼るのは極めて困難というのが、これが

③梅鼠の道長模様の
絞りのきものは、
着る人をたおやかに
見せてくれるという。
が、全体が中間色なので眠い感じ。
こういうきものは、私は苦手。

④布目に対して斜め格子の角度に、
四角形の小さな絞りを根元まで
巻き上げる精巧な匹田絞りは、
総絞りの豪華版だが、無地なので
おもしろみに欠け、
着ていても楽しくない。

絞りなのだが、私は絞りが大好き。

日本画家の上村松園さんは随筆『青眉抄』のなかで、自分が欲しいと思うものを絵のなかの人物に着せたり装わせたりする楽しみを語っておられ、私はそれを読んだとき、松園さんの女心の真髄に触れたような気がした。

松園さんは京都中京の葉茶屋に生まれ、お母さんが女手ひとつで美人画家に育て上げ、のちに女性で日本初の文化勲章をもらったひとだが、日々の暮らしには困らなくとも、やっぱり京のひとらしくつつましい生活であったろうとは容易に推測はできる。

それもあって、松園さん描くところの美人はどれもすてきな着物、すてきな帯を身につけており、それだけでもうっとりと女のあこがれを誘うが、なかでもいつも私の垂涎の的だったのが絞りだった。

絞りは、買いたての新しいものは角《つの》がつんつんと立っているが、使い馴れてくると角は延び、ただの模様になってくる。角の立った絞りの髪飾りや帯あげを身につけるのが、女ならばどれだけ嬉しいか、私もよく知っているだけに、松園さんは買いたての絞りを絵のなかの美人に着せて心を楽しませていたものと判るのである。

絞りが何故好きか、と聞かれるとはたと困るが、やはり絞りは刺繡に次いで、手先の精密な技術でもって美を構築する工芸のひとつとはいえないだろうか。

それに絞りのよさはいかめしさがなくてとても愛らしいこと、松園さんの町娘の絵などに見られるようにいわば庶民の美だが、これがそうばかりでもない例はたくさんある。

「家庭画報」に連載した『東福門院和子の涙』の和子姫の衣裳のこと。この方は二代将軍徳川秀忠の末娘に生まれ、十四歳のとき、後水尾天皇に嫁がれた方。その江戸から京への花嫁行列の豪勢さは、のちに公武合体でこの逆に、京より江戸に下向された和宮のお支度よりも勝るほどだった。

何しろ徳川家にも幕府にもこのころはまだたくわえた富はたっぷりあったし、天下に威勢を示す目論見《もくろみ》もあったことであろう。和子姫は入輿後、七十二歳で亡くなられるまでずっと御所暮らし、その間、帝の御子七人を挙げられたものの、生涯を通じて非常にしあわせだったとはどうやら申し上げられ

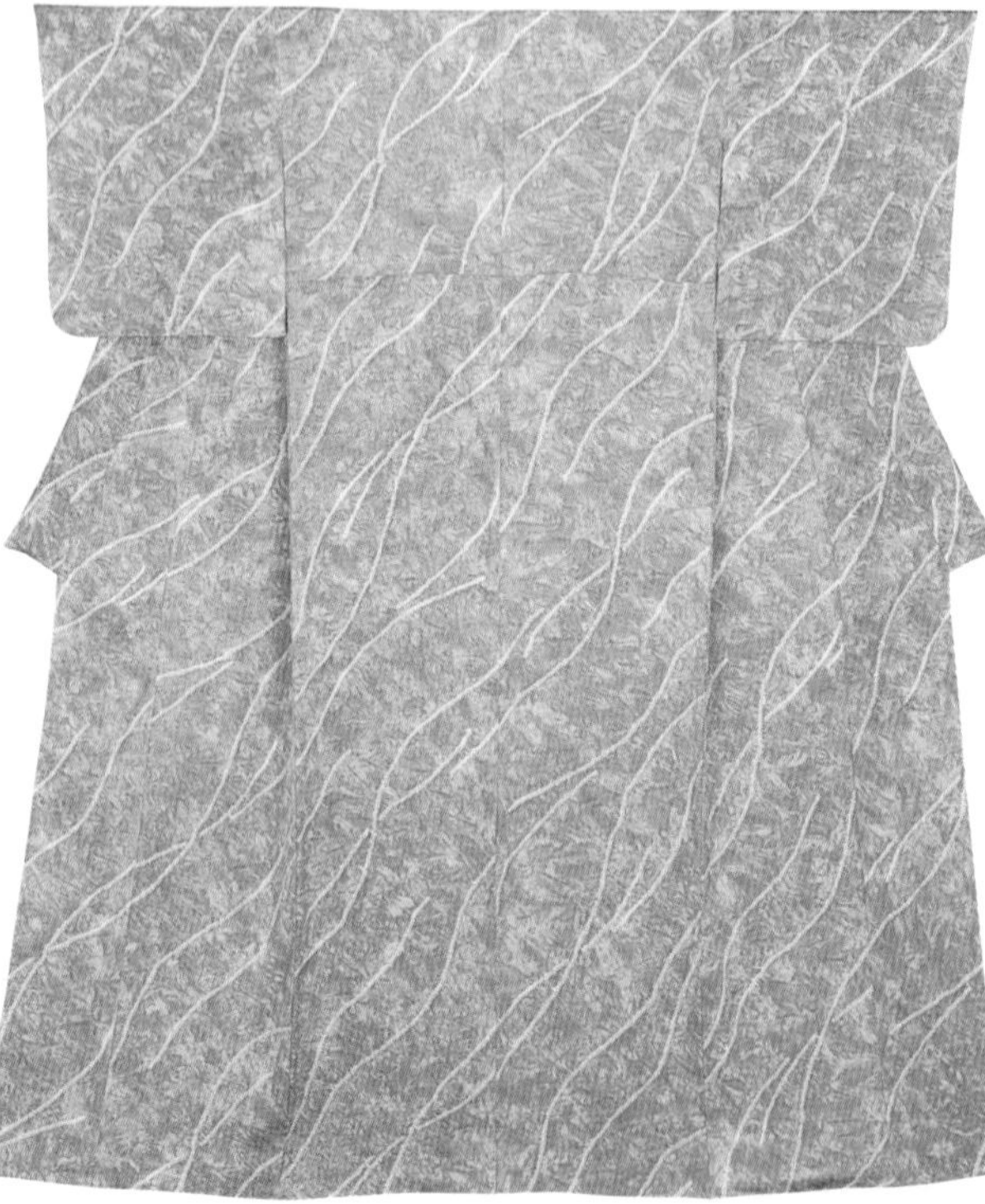

⑤淡萌黄、柳染め、萌黄の三色に縫い絞りのきもの。
裏地も同系色でまとめられている。
絞りはしごく単調だが、
全体がダイナミックなので愛用している品。

⑥白楓の絞りのきもの。絞りの地は紬と違い、
やわらかくてこしがないので
着付けたとき衿元がくずれやすい。
着付けにひと工夫必要なのでものぐさ向きではない。

なかったらしい。

　とくに二十八歳以降は帝とは名ばかりの夫婦であったらしく、そんなとき和子姫の憂さ晴らしは衣裳を作ることだったという。

　京の呉服屋雁金屋につねにご用命あり、もちろんご実家が負担するその費用は、お一人分で徳川大奥のお女中衆千人分の五分の一を超す高《たか》であったそうな。資料によれば、和子姫は小袖のデザインにも熱心で、とくに鹿の子絞りの注文が多かったらしい。

　たとえば、肩に波島二つ、左より右の脇まで滝を流し、その間に菊の花を九十一個散らす、とある原図の上に、ここは赤の鹿の子、ここは浅黄絞りと桔梗鹿の子、そして菊は金糸銀糸の刺繡、との指定がある。

　先年、神奈川県立歴史博物館で東福門院展があり、小袖がいく枚か出されていたが、それを見て私は、和子姫という方のお人柄に触れた気がした。

　この方はきっと、女らしく愛らしく、そして懐の深い方にちがいなく、でなければこんな下町好みの小袖など召すはずもなく、さだめし宮廷独特の固い織物の袿《うちぎ》はお嫌だったのではないか、と推量できたのだった。

私の場合でいえば、好きであるだけ絞りにはじつにさまざま思い出が浮かんでくる。

私が生まれ、八つの年まで育った高知市緑町という場所は、裏にたくさんの棟割長屋があり、そこにはまことに個性的なひとたちが住んでいた。昭和初年のころのこと。

みな貧乏で、しじみやうなぎを獲ってはその日の生計を立てたり、娘を芸妓に売ったり、きび団子の屋台を引いたりして暮らしているひともあれば、とても上手に馬の絵を描くおじさんや、漢詩を作る老人もいるようなところだった。

このなかに、玄人はだしともいえるほど器用な鹿の子絞りの若い衆がいたが、本職は近くの絨氈《じゅうたん》工場の工員だったらしい。このひとの手にかかると、短い縫い針と白い木綿糸が獲れたての小魚のようにピチピチとはねて動き、みるみる、米粒よりも小さい微細な鹿の子絞りが出来るという。

どこで覚えた技なのか、たぶん好きでいじっているうちに上手になったと思われるが、当時は高知の町にこのひとの腕を生かす絞り染めの店などもな

⑦花が地紋の藍白色に、
縹《はなだ》色と白の絞りの
菊花模様のきもの。
全体が褪せたように色が淡いので
インパクトが弱く、
私の好みではなくて、
これも箪笥のこやし。

⑧麹塵《きくじん》色の地に辻ケ花模様の
絞りのきもの。
日本的な色彩の豊かさを
絞りで表現した外出着。
元来絞りが好きなので、
つい買ってはみたものの、
あまり可愛らしすぎて
めったに着ることがない。

⑨藍鼠色の綸子《りんず》地に
刈安色の絞りの蝶が飛ぶきもの。
織り帯のよいものを結べば、
少し改まった席にも
十分着て行ける。

し、若い衆はねだられるまま近所の子供たちに、ハンカチの隅などちょこっと絞ってやっていたと思われる。

母はそれを見て、まだ赤ん坊だった私の被布を、と羽二重の布地を持参して頼んだが、本職じゃないきに、とか、そんな大きなものは、とか断わられ、それでもなお食い下がっているうち、被布はだんだん小さくなっておちゃんちゃんなら、と引き受けてもらった。

布を総絞りにすると、縮んで一握りの団子のようになり、母はそれを染物屋に持参して、赤に染めてもらったが、それはまあ、見事な出来じゃった、と母はその後、聞き飽きるほど私に話した。

そのころ、総絞りのものを着ているひとはとても少なく、おちゃんちゃんにして着せて歩くと、見る者みな、ほめないひとはなかったという。

私がのちにこの鹿の子絞りを見たのは、すでにおちゃんちゃんでなく、変わり果てた手さげ袋の姿だった。

おちゃんちゃんは私を卒業したのち、兄の子二人につぎつぎと務めを果したが、よだれなどで汚された品はもはや再生は効かず、よいとこ取りで手さげ袋に生まれ変わっていたのである。

　この袋はよくおぼえているが、このころ機械絞り一辺倒になっていたなかで、ピシッと粒の揃った手絞りのものは、ためいきの出るほど美しかった。

　袋の地は日に日に弱り、ついには人形の髪飾りで一生を終えたが、絞りのおじさんはまだ生きてあり、私は母とともに訪れて帛紗《ふくさ》でいいから、と頼み込んだが、

「もう目がいかん。指も動かん」

と請け合ってはもらえなかった。このとき五十歳代ではなかったろうか。

　下町暮らしではこんなにみな、絞りを珍重し、嫁入り支度にはぜひとも総絞りの帯を一本、羽織を一枚入れておくこと、といい、私も松の模様の赤の帯と、水仙流水のオレンジ色の羽織は持参した。

　親に揃えてもらった衣類にはあまり執着のない私だが、これらの品には、いま残っていればせめて手さげ袋にでも、と未練が残るのである。

　写真説明をすると、②はこの撮影のためにプレゼントしてもらった総絞り。石踊達哉さんの絵のわきで澄ましている私はひどく肥っている。

⑩所持品の江戸小紋を表紙に
貼った豆本、『花のきもの』。
本ケースは木製で梅の絵を
描いた陶板を配してある。

⑫落ちついた色合いの
江戸あられ小紋が表紙の豆本、
『楊梅の熟れる頃』。内容に合わせて
作られた、いとおしい品。

⑪表紙がガラス細工の豆本、
『卯の花くたし』。白いガラスが
卯の花の咲きほこる様子を
表現している。

⑬『夜汽車』は、題名にちなんで、
豆本の大きさに合わせて
汽車をガラスに染めつけた貴重品。

⑭『つむぎの糸』は
モスグリーンの地に合金の糸が
縦横に格子を作っている。
背表紙はキッドの白い皮。

⑮陶板の表紙を使った折り本の
豆本『女のこよみ』。
折り本は豆本のなかではこれが
唯一の品。本ケースの桐箱にも
絵入りの陶器を飾ってある。

⑯豆本『手とぼしの記』は、
大柄のちりめん地を使用。
箱は特注。わが家の家紋入り。
このページの豆本のサイズは
すべて縦9センチ、横7センチ、
厚さ2センチ程度。

大体絞りのきものはふくれて見えるので、痩せたひとがいいのだが、このときは私、実質重量オーバーでした。深く反省。

①のきものを見ると、何故か必ず女優の大原麗子さんを思い出す。私の『序の舞』のテレビ制作のとき、主役の大原さんと私が対談をし、その折着ていたものだから。きっと大原さんは地味なきものだったにちがいなく、はるか年上の私がこんな派手なものを着ていることに気がひけて、ひけっぱなしだったせいかと思う。

③は伝統的な「道長《みちなが》」と呼ぶ模様。京都のおか善さんの品だったかと思う。

④は匹田《ひった》総絞り。昔これを買うとき、そんなにお高い感じがしなかったので、「韓国製ね」と聞いたら、呉服屋さんに強く否定された。はたしてどうだろうか。

⑤は、実に単純な縫い絞りの手法だが、グリーンの色がモダンなのでわりとよく着て出かける。が、これももうそろそろお役御免にしてあげようと思っている。退職後の行き先は外国人がいいのではないかと考えているが。

⑥もどうってことはないが、講演などには、わりと出番が多い。「私にち

ようだい」と唾をつけられている数も多いが、さてどなたのもとに流れつくやら。

最後に⑨の黄蝶の綸子《りんず》は、目下のところ橋本・高知県知事夫人孝子さんの手もとにある。撮影直後、宇野千代さんの黄色い帯とともに以前からの約束を果たして贈ったが、後日、着ている姿の写真を送って頂き、私は満足した。よくお似合いだった。

あとがきに代えて

# きもの雑感

みなさまに乞われるまま、一生一度の決断をし、十二か月にわたり、私の箪笥のなかのものをお見せしてまいりました。どれもこれもお恥ずかしいものばかり、それに何故か吹きだまりのようにひとさまから頂いた品が集まって来ていて、その割合をいえば半分以上の数を占めています。

それだけに、自分が確たる方針を定めて蒐集したわけではないので、ご覧頂いたものは実に種々雑多、良否混淆となるのはいたし方ないことでしょう。

それでも今回こうして改めて並べてみれば、ひとつの流れのようなものはあり、結局は私自身の好みについて、下さる方もよく心得ておいでだったのかもしれません。

それというのも、私、小さいときから大家族のなかで育ち（我々世代には核家族のほうが珍しい状況でした）、いつも私が最年少の立場であったところから、つねにその役割を果たさねばならず、それがどうやら遠因となって、いまだに大人になりきれていない部分があるように思います。

服装の傾向も、洗練された趣味はまるきり似合わず、どこやら少女っぽいものに目がいってしまいます。きものはむろん、洋服でも花柄のプリントが好きだし、色も、上品な中間色よりも紫とか青のはっきりしたもののほうが安心して着られるのです。

このころでは少し悔い改め、年相応の地味な色目のものにも手を通してみるのですが、心のどこかでこれはあたしらしくないや、と拒否しているとみえて、何となく気分が落ち着きません。

ところで、きもののやりとりのことですが、洋服と違って寸法に融通性を持たせてあるせいか、仕立てた着物をもらったりあげたりは、昔からずい分ありました。

「あのひとはほめるとすぐくれる」という噂の主もいて、そのひとの前に出て着ているものを涎《よだれ》の出そうな口でほめてあげると、その場でさっと着ている羽織など脱ぎ、

「いいよ。持っておゆき。あんたがそれほど惚れたのならこの羽織も本望だろう」

なんてぽんとこちらの肩にかけてくれる例もあったものでした。

昔の華族の令嬢方は、盆暮れには箪笥長持を総ざらえし、一度だけ手を通したものも、全く手を通さないものも、あるいは反物のままのものもみな、根こそぎお女中衆に下しおかれるのが慣わしで、ご奉公経験者たちはお互いに、今年の賜わりものの多寡や善し悪しについて品定めするのが楽しみのひとつでもありましたとか。

また花街の女性たちは、きものがいのちであっただけに、これをやりとりするのが最高の親近感のあらわれでもあったらしく、そういうひとたちを身近に見て来ているせいか、私も比較的気楽に自分のもの

をひとさまにも差し上げるし、また下さるものはありがたく頂きもしています。

ただ、きものに限らず、もののやりとりの難しさはどなたもよくご存知でしょうが、自分の持ちもののなかで、望まれても手放したくないものと、差し上げても惜しくないものとがあります。

これは頂きものにもいえることで、好みに合ったものなら嬉しくて早速着用させてもらい、写真まで写してお礼を申し上げるのですが、逆だととても気が重いのです。

今回の撮影では、簞笥の中身すべてではなかったのですが、その写さなかったきもののなかに、頂いたものの一度も取り出さなかったものが、三枚あります。

一枚は、戦前花柳界華やかなりしころ、私の『陽暉楼』のモデルとなった土佐の得月楼でかつて盛名を馳せた名妓君竜姐さんの帷子《かたびら》で、あと二枚は一時期私の家で一緒に暮らした田村和子の持ちものなのです。

和子は、私の『寒椿』に久千代の民江、で出てくる子で、昭和一ケタ時代、将来芸妓にされるべく、まだ小学生の身で親に売られてきたというむごい身の上でした。私の家には、こういう境遇の女の子たちが一時期五人もいて、いずれも私よりは一歳ないし三歳の年上だったので、一人娘の私はまるで姉妹のようにこの子たちと小学校に通い、むつみ合って暮らしました。

このなかで、私がとくに和子と仲よしだったのは、彼女が少々脳を患っていたこと、そして斜視だったことに加え、実の父親が飲んだくれの博奕《ばくち》打ち、という悲しい条件を全部背負っているようなあんばいだったからでした。

和子とは一つ蒲団で一緒にも寝たし、ケンカもしたけれど、運命には抗いようもなく彼女は小学校卒業後、芸妓となって私の家を出てゆき、それっきり長い長い年月が流れたのです。

再会したのは昭和五十年、私が作家の端くれとなってからのこと。この間の事情は『寒椿』に涙ながらに私、書きました。

そして和子と私は、東京―高知と離れてはいても、昔のような行き来がはじまりましたが、彼女の生き方は、私に強い自責の念を迫ってやまないほどに感動的でした。

和子の血の一滴までも絞りとったような父親はもう亡くなっていましたし、斜視は手術して目立たなくなっていました。昔、おぼえが悪くて師匠のほうが泣いたという三味線も、いまは立派に弾けるようになっていて、そして彼女は、もうらば桜ながらも、やっぱり一本立ちで芸妓をしていたのです。

小さな家を借りて小ぎれいな一人暮らしをしており、会うたびに私にいろいろなものをくれるのでした。

「これはね。うちが一人で働いて、うちのお銭《ぜに》で買うたもんじゃきにね。誰にも気兼ねはいらん。貰うてや」

といって私に贈ってくれたものに、七個の小粒のダイヤをちりばめた小さな指環と、えんじと黒の格子縞の明石縮、そして青い地に三色の横縞の御召の袷があります。

そしてそのころ、和子は君竜姐さんに私淑していて、私の座敷に呼んであげてや、といい、一夜、得月楼の離れ座敷で君竜さんに会いました。

このころ、君竜姐さんはもう七十歳はとうに過ぎていたと思うのですが、残りの色香、というか、得もいえぬ女っぽさに溢れていて、三味線でひとくさり、常磐津「松島」を聞かせてくれたのでした。

君竜さんの黒地の帷子は、この夜着ていたもので、記念に、と和子経由で私のもとに送られてきたもの、君竜さんが舞妓のころから着たという長い年月を経たにもかかわらず、どこも傷みもせず色褪せもしないのはさすが戦前の品だと思います。

その後、二人は相ついでこの世を去りました。もう十五、六年は経ちますでしょう。で、和子の形見の指環はいつもいつも、まるで結婚リングのように私、指にはめていますのに、きもの三枚は、いまだに手を通す気にはなれないのです。君竜さんのものはともかくとして、着てあげるのが亡き和子への供養、とは十分心得ているはずなのに、簞笥から取り出すのにいまだに強い自悔の念が働くせいなのでしょうか。

脳に障害を持ちながらも立派に自立し、身のまわりのことはきちんとやってのけ、六十歳足らずの生涯を終えた和子の人生のまえには、私など何の言葉もないのです。もっといえば、和子が体を張って働いて得たきもの、汗のしみついているそれを、家族に依存して今日まで過ごしてきた私が、平気な顔をして身にまとえるわけはないのです。

たくさんの思い出と歴史の秘められたきもの、みなさまもきっとそれぞれお持ちのことでしょう。どうぞいとしんで、大切にしてあげて下さい。ごきげんよう。

解説　着物のまわり

藤間紀子

着物には、着る人の「心のありよう」が表れるように思います。

おそらく、春には春の、秋には秋の着物を選び、行く場所、会う方に応じて、当たり前のように着物と帯を選んでも、その日、その時の心持ちで、装いは変わってきます。そういう着方ができるからこそ着物は素敵なのだし、またそれだけ、女心を楽しませてくれるものだと思うのです。

宮尾先生の文章には、そのような、女性ならではの着物にまつわる心模様が、四季折々の思い出とともに綴られていて、とても楽しく読ませていただきました。

先生のお着物からは、どれも、匂い立つような華やかさと、可愛らしく可憐な風情《ふぜい》が織交《おりま》ぜられた、えもいわれぬ女らしさが漂《ただよ》うようです。でもそれは、ただ綺麗というのではなく、とても強い「意思」のようなものに裏打ちされていて、シャンと背筋を伸ばしたような、凜々《りり》しささえも備えていて……。

そのような先生のコレクションに、宮尾作品に登場する女性たちの個性——強さや華やかさ、悲しさを秘めた美しさを感じたのは、私だけでしょうか。

小説を書くというお仕事の尊さは、まるで蚕《かいこ》が繭《まゆ》を作り出すように、作者の心の奥底から真実が紡《つむ》ぎ出されるところにあるように思いますが、それだからこそ、あのような力強い作品をお書きになる先生のご意思が、お着物の好みにもにじみ出ているのではないかと思っています。

宮尾先生の、一方《ひとかた》ならぬお着物への愛着を、実は私、以前から存じ上げておりました。それは、一人の青年とのご縁があってのことなのです。

彼は美馬《みま》君といって、芝居のことや着物のことに詳しく、日本に古くからある美しいものが、ほんとうに好きなのだなと思わせるような青年です。

今は、店を持たずに一人で着物のご商売をしているのですが、五、六年前のことでしょうか、当時、国立劇場で働いていた彼を私に紹介してくれたのは、息子の染五郎でした。

やがて彼は、故郷の高知へ帰り、着物の仕事をするための勉強だったのでしょう、この本でも紹介されている三條という呉服屋さんで働くようになりました。

それからは、上京するたびに、私が気に入りそうな反物を携《たずさ》えては我家にも遊びに来て、着物にまつわるいろいろな話を聞かせてくれるようになったのです。

宮尾先生が三條でお着物を作られていることを知ったのもこの頃です。娘のたか子が、テレビドラマの『藏』『春燈』『櫂』、舞台では『天涯の花』と、宮尾作品を勤めさせていただいたご縁もあり、先生からたびたび、たか子へ応援の「お言葉」を頂戴するようになりました。今は北海道で『平家物語』を執筆中の先生と、直接お電話でお話することもございましたが、ついぞ三條に話題が及ぶこともなく、歳月だけが過ぎていきました。

ですから、今回、この原稿をお頼まれした時、何だかとても不思議なご縁を感じたものです。

私が子供の頃、里の祖母や母は普段によく着物を着ていました。二人とも踊りが好きだったこともあって、一人娘の私は三歳からお稽古を始め、東京に出てからも、藤間のご宗家のお稽古場に通うようになりました。

お稽古はもちろん着物ですから、私にとって着物を着るということは、それほど特別なことではありませんでした。

そして主人のもとに嫁ぎ、着物は仕事着になりました。歌舞伎の家では、劇場でお客様にご挨拶するのも大切な仕事です。お客様をお迎えする立場ですから、着物は派手にならず控え目で、かといって地味過ぎずに、オリジナリティのある着こなしをすることが大切だと、義母に教えられました。

義母は、着物のセンスがとても良い人でした。地味目な色合いの着物を、いつも品良くきりっと着こなしていて、更紗《さらさ》やインドのサリーを帯に仕立てたり、古代裂の帯を縞柄《しまがら》の江戸小紋に合わせたりしていました。

どちらの母も着物が好きでしたが、その選び方はとても違っていました。実家では、呉服屋さんが持ってくる反物の中から気に入ったものを選んでいましたが、義母は、白生地から、染色、柄行《がらゆき》まで、すべてを自分で選んで、気に入った着物を創ってみたりしていました。着物を創るということは、それまでの私には想像もつかないことでした。

創るというと贅沢に思われるでしょうが、意外とそうでもないのです。染めにしても絵柄にしても、最初から希望がわかっているので、呉服屋さんの方でも無駄がありません。それに希望どおりの着物ができあがれば、ずっと楽しいですし、愛着も人一倍というものです。

義母から譲り受けたフランス刺繡の着物があります。手先の器用だった祖母が自ら刺繡を施したもので、刺繡糸の微妙な色合いがとても美しい、私が大好きな着物です。ただ、あまりにも古いものですから、大切に着てはいたのですが、ところどころ刺繡糸が傷んできていて、このまま着るのは忍びないと思うようになりました。そこで思いきって、これと全く同じ着物を創ることにしたのです。生地も染めも、そしてフランス刺繡も。

今では形見の着物は大切にしまっておいて、気兼ねすることなく、創り直した方の着物を着ています。

呉服屋さんと親しくなることができさえすれば、このように、自分だけの着物を持つことができます。

年を重ねますと、ある時、持っている着物がいっせいに派手に思える時がありります。一枚が気になりだすと、次から次へと気になってしまって、なんだか全部が似合わなくなってしまったように思えるような……。ですから、着物を求める時は、いつも年齢より少し地味なものを選び、帯を派手にして組み合わせています。

でもそういう時期になると、それまで私が着ていた着物が、娘たちに似合うようになっていたりするのです。

着物に旬があるとしたら、それは、こんなふうに、着る人を選びながら移ろうものなのかもしれません。

宮尾先生のお着物にも、何度も水を通した名残のある、お母様の大島紬がありました。大島紬は、洗えば洗うほどつやが出てしなやかになり、着やすくなるといいますが、お母様が十四歳でお嫁入りされた時に持ってこられたという大島紬は、先生ご自身が袖を通すに忍びないと思われるほど、糸が細くなっているとのこと。お母様にとって、きっと大切な一枚だったのでしょう。

先生が大島紬に託されたお母様への思いを、あれこれお考えになるように、私も、母たちから譲り受けた着物に、それぞれ思いをめぐらせてみては、しばし、畳紙《たとう》を広げて考えにふけることがあります。

着物のまわりには、実にさまざまな女心がまつわるものだと思いながら……。

（九代目松本幸四郎夫人）

単行本　一九九九年三月　世界文化社刊

文春文庫



きものがたり

定価はカバーに
表示してあります

2002年3月10日　第1刷

著　者　宮尾登美子《みやおとみこ》
発行者　白川浩司
発行所　株式会社文藝春秋
東京都千代田区紀尾井町3-23　〒102-8008
TEL　03・3265・1211
文藝春秋ホームページ　http://www.bunshun.co.jp
文春ウェブ文庫　http://www.bunshunplaza.com

落丁、乱丁本は、お手数ですが小社営業部宛お送り下さい。送料小社負担でお取替致します。

印刷・図書印刷　製本・加藤製本　Printed in Japan
ISBN4-16-728708-0

# 文春文庫

## 向田邦子の本

（　）内は解説者

**父の詫び状**
向田邦子

怒鳴る父、殴る父、そして陰ではやさしい心遣いをする父、誰でも思い当たる父親のいる情景を爽やかなユーモアを交えて描いて絶賛された著者の第一エッセイ集。（沢木耕太郎）

む-1-1

**あ・うん**
向田邦子

神社に並んだ一対のコマイヌのように親密な男の友情と、親友の妻への密かな思慕が織りなす情景を、太平洋戦争をひかえた世相を背景に描き、著者が最も愛着を抱いた唯一の長篇。

む-1-2

**無名仮名人名簿**
向田邦子

われわれの何気ない日常のなかでめぐり合いすれ違う親しい人、ゆきずりの人のささやかなドラマを、著者持前のさわやかな感性とほのぼのとしたユーモアで描き出した大人の読物。

む-1-3

**隣りの女**
向田邦子

西鶴の現代版ともいうべき人妻の恋の道行きを描いた表題作をはじめ、ハイミスのＯＬの微妙な心理を扱った「胡桃《くるみ》の部屋」ほか「幸福」「下駄」「春が来た」収録。（浅生憲章）

む-1-4

**霊長類ヒト科動物図鑑**
向田邦子

すぐれた人間観察をやわらかな筆にのせて、あなた自身やあなたを取りまく人々の素顔をとらえて絶賛を博した著者が、もっとも脂ののりきった時期に遺した傑作ぞろいの第三作。

む-1-5

**女の人差し指**
向田邦子

表題のエッセイを週刊文春で連載中に突如航空機事故に遭遇した著者の遺作集。ドラマ裏ばなし、おいしいものに目がなかった著者の食べものの話、一番のたのしみの旅の話を収録。

む-1-6

## 文春文庫

### 宮尾登美子の本

（　）内は解説者

**鬼龍院花子の生涯**
宮尾登美子
大正四年、鬼龍院政五郎は故郷・土佐高知に男稼業の看板を掲げた。〝男〟を売る社会のしがらみと、鬼政をとりまく女達の人生模様を、独自の艶冶の筆にのせた長篇。（青山光二）
み-2-1

**母のたもと**
宮尾登美子
土佐の花街に生まれた著者が文章で身を立てることを熱望し、ついに『一絃の琴』で直木賞を受賞するまでを丹念に追い、父や母、芸妓や娼婦の思い出を愛情こめて綴ったエッセイ集。
み-2-2

**松風の家（上下）**
宮尾登美子
明治初年、京の茶道宗家後之伴家は衰退し家元も出奔。残された者達は幼き家元を立て、苦難を乗切ろうとする。千利休を祖とする一族の愛憎の歴史を秀麗に描く傑作長篇。（阿川弘之）
み-2-4

**菊籬《きくまがき》**
宮尾登美子
農家の嫁としての経験が生み出した処女作「村芝居」から円熟期まで宮尾文学の源流をなす名品集。「彫物」「金魚」「自害」「水の城」「村芝居」「千代丸」「菊籬」「宿毛にて」収録。（藤田昌司）
み-2-6

**陽暉楼**
宮尾登美子
父親の不始末から料亭陽暉楼に売られた房子は、天性の素質と努力によって一流の芸妓に育ってゆくが……芸と男との板ばさみに悩む花柳界の女の意地と哀歓を描いた長篇。（塩田　潮）
み-2-7